新装版

愛子の格言

佐藤愛子
Sato Aiko

中央公論新社

恐懼してここに再刊のご挨拶を申し述べます。

この本は『愛子の新・女の格言』と題して昭和五十七年一月に角川書店から出版されたまま、古漬になっていたエッセイ集です。

その古漬大根を糠床の底から拾い出して日の目を見させようと勧めて来られたのは、中央公論新社書籍編集局の藤平歩さんです。これまでに藤平さんは同じ古漬の糠床から二度、古漬の大根と胡瓜を見つけ出して日の目を見させて下さった、倹約家で働き者の大おばあさまのようなお方で、そんな古漬どうしようもないでしょう、といくらいっても、いいえ、大丈夫、これでもまだイケます、といい張って、『気がつけば終着駅』と『何がおかしい』の二冊を出版して下さいました。

といって別に古漬専門というわけではなく、レッキとした書籍編集局のベテラン編集者。

勧められて（およそ四十年ぶりで）読み返して思ったことは、

「うーん、この頃は元気だったなア」

という感慨のみでした。「うまい」とか「へた」とかいうのじゃない。昔書いたものを読み返すと、思うことはただ「元気だったなア」ということだけになっているのも淋しいことです。

今はアメ色の古漬になり果てたヨレヨレ大根ですが、漬けた時はみずみずしい、つやつやのまっ白な大根でした。でもそう思うのは作者の私だけであって、読者は書かれている内容（題材）に漂う違和感、「ピンとこない感」とでもいうか、しっくりしない感じを抱かれるのでは？　という心配が押し寄せて来ます。まっ白なピカピカ大根とアメ色のフナフナ大根との間に流れた歳月にはごま化しようのない時代の差が生れていて、読者をとまどわせるのではないか。そのような違和感の漂うものを読者にさしつけるのは、傲慢ということになるのでは？

そんなことをつい思ってしまう。これが「老いる」ということなのでしょうか。強気一点バリに生きて来た佐藤愛子が、日を追うて弱気になっているのです。かつての私は、

「私にとって書くことは、『自分に向ってモノをいう』ことであって、読者のために書くのではない」

とかたくなに思っていました。だから本が「売れる」とか「評判を得る」とかな

恐懼してここに再刊のご挨拶を申し述べます。

んてことは問題ではなかったのです。自分が満足したかどうか、それだけが大切だったのです。

それが長い作家生活のうちに少しずついつの間にか変化して、読者のことを考えるようになりました。わかってもらえたか、満足してもらえたか、そして、売れていると聞けば、出版社に損をさせないでよかった、という満足感を持つようになっていました。それは作家として堕落であるのか、成長なのか、私にはわかりません。年をとって佐藤もやっとおとなになった、ということかもしれず、あるいは俗にまみれたということかもしれず……わかりません。そのうち、そんなこと、どうだってエエやないか、ありのままに自分の息づかいでやっていくしかないわいな、という自然の流れが胸の底から湧き出てきて、若い頃の佐藤を読みたいと思って下さるお人がおられるならば、どうぞお読みになって下さい……とでもいうような素直な気持になりました。数は少いでしょうが、いて下さるだけで感謝します。

なんだか妙な巻頭言になりました。

これが九十八歳になる佐藤の、人生を終らんとしている際《きわ》の感想です。ごめんなさい。

二〇二一年盛夏

蟬啼きしきる朝

佐藤愛子

恐懼してここに再刊のご挨拶を申し述べます。

愛子の格言【新装版】　目次

愛子の格言

愛子の格言

新装版

愛子の格言

女は強し、されど母は弱し

女は強くなった、という言葉は、男は弱くなったという言葉と同様に、殊更にいう時代ではなくなった。強いのが当り前になってしまったのである。

丁度ここまで書いたとき、机上の電話が鳴って、スポーツ新聞がコメントを求めて来た。私はこのマスコミのコメントなるもの、大嫌いである。

「今日、国際女子マラソン大会が行なわれたのをご存知ですか？」

「いいえ、知りませんが」

実は知っていたのだが、面倒くさいのでそういった。

「女性が……主婦や母親が四十キロを走ったんですがね、女が四十キロ走るってことは今まで無理だとされていたんです」

「はあ、そうですか」

「それで、それについて何か感想があれば聞かせていただきたいのですが」

「感想なんて別にありませんが」

新聞記者というものは、人はすべての現象に対して一から十まで感想を抱きつつ暮しているものと思いこんでいるらしい。それが甚だ迷惑である。

「しかし、これまで四十キロは無理とされていたのを、やすやすと走るようになったということ……それをどうお思いになりますか」

「はあ、それは結構でした。よかった、よかった……そんな風に思います」

相手は呆《あき》れてアハハ、と笑って電話を切ってしまった。多分、相手はここで、もう男なんぞに負けませんわヨ、女の底力、この通り、やがて女が男を制する日も近いでしょうよ！　というようなコメントを期待していたのであろう。

だがそんなことは今更、いう気はない。感想としては陳腐である。女が何かしたといってはいちいち驚いてはいられないのである。

女が強くなったのは、ありゃ、男女共学という制度がいけないんです、と憮然《ぶぜん》たる面持ちでいった男性がいる。小学校、中学、高校、大学まで、成長期の十六年間を「マメイリ」で暮して来た。昔、女は弱く、男は強く、女は無能で男は偉かった時代は、男の子と女の子が一緒にいると、

「オトコとオンナが豆炒《マーメイリ》！」

といって囃《はや》し立てられたものだった。その場合、恥をかくのは女の子ではなく男の子の方である。男子たるものが、女なんぞと遊んでいるのは、ライオンが鼠《ねずみ》と仲よくしているようなもので、そんなことはライオンの沽券《こけん》にかかわったのである。

男は女と別様に育てられた。電車通学の中学生と女学生は、乗降口も前、後、と

別れていた。電車の中でも豆炒《まめいり》で乗ってはならない。男は前方、女は後方、と決められていた。

従って女は男に憧《あこが》れ、男は女に夢を抱いた。お互いに正体がどんなものであるかわからないので、イリュージョンを抱き合い、男は雄々しく、女は優しいものと思いこんでいた。

ところが男女共学、十六年間も豆炒となった。

いかに男というものは意気地なしであるか、カッコをつけたがるか、バカげているか、不マジメであるか、秀才は秀才なりにおかしく、劣等生は劣等生なりにおかしい。そんな男のすべてを、くまなく女は見た。見たいと思って見たわけではない。毎日の暮しの中で、いやでも見てしまった。

「女の利口より男のバカの方がいい」

などという俗言を、女たちが正直に信じていた時代は過ぎ去り、

「男の利口より女のバカの方がいい」

といい合ったりするようになったのも、この豆炒のためである。

一方、男の方も同様である。嫋々《じょうじょう》と美しきものであった筈《はず》の女は、荒々しく猛《たけ》く、イジワル、美人は美人なりに厄介で、不美人は不美人なりにまた厄介である。

お互いに正体を見、見られしてヤケクソになり、イリュージョンは微塵《みじん》と砕けた。男は聳《そび》えるのをやめ、女は体裁つけるのをやめた。お互いにラクな姿勢でやって行こうということになったら、その結果として女は強くなったのである。

その男性はそう語り、しかし、いいことじゃないですか、これはいいことです、とひとり肯《うなず》いていうさまは、何やら自分自身にいいきかせようとしているかのように見えたのだったが……。

ところで昔、「中江藤樹《なかえとうじゅ》の母」という賢母がいた。中江藤樹が勉学のために家を離れて都に出たが、雪の夜、あまりの辛《つら》さに帰って来た。すると藤樹の母はその意志の薄弱なることを憤り、いたく叱責《しっせき》して雪の中を追い帰した。

「そうして中江藤樹は近江《おうみ》聖人と呼ばれ、母に孝養を尽す立派な人になりました」

と昔は小学校の修身で教わったものだ。

女は強くなったけれども、このような母親はどこを探しても見当らなくなった。雛《ひな》を鷲《わし》から守ろうとして羽の下にかき抱き、己は犠牲になったメン鶏《どり》のような母親もあまり聞いたことがない。

子供が病気になると、会社の夫に電話をかける。オタオタして医者へと走る。ふだん仲の悪い姑《しゅうとめ》に来てもらう。子供がテレビとマンガばかり見て勉強しないといっては、学校の先生に相談に行く。子供が勉強しているというと夜食を作って部屋まで持って行く。食べかたが少なかったといっては、味つけが下手だったのか、材料が悪かったのかと心配し、ごめんなさいね、これから気をつけるわと謝る。

子供に異性からの手紙が来たり、電話がかかって来たりすると、うろたえて教育評論家に相談の電話をかけ、

「ほうっておいてよろしいんでしょうか、それとも、問いただした方がいいでしょうか、主人はもうたよりなくて、わたくし、どうしたらいいか……」

と泣き声になったりする。

女は強し、されど母は弱し。

母は弱いがされど妻は強い。

「月給袋は袋ごといただきますよ」

と宣言し、

「はい、今月分のお小遣い」

と稼ぎ手の夫に金を与え、

「あなた、残業手当はごま化してないでしょうね」

と詰問し、会社の経理課へ問い合せの電話をかけ、貯金通帳のハンコはしっかり
と自分が握り、子供がいうことをきかないと、

「あなた、少しはいって下さいよ！」

とイヤなことは夫に押しつけ、ついに非行化しかけると、

「父親が悪いからこういうことになったのよ。お酒ばっかり飲んでるから」

と夫が楽しみの一日二合の晩酌をやめさせ、

「あのネ、子供にかこつけて、お酒、やめさせてやった、ク、ク、ク」

などと隣の奥さんと二人で喜んでいる。

まあ、長年にわたって男の横暴、思い上りのもとに泣いて来た幾万の女性を知っ
ている私などは、こういう図を見ると、

「ヤンヤ、ヤンヤ、おもしろい、おもしろい！　もっとやれェ！」

と喜ぶ方ではあるけれど、欲をいえば、母親としても、もうひとふんばり強い母親になれぬものか。

そういっていると、さっきの男性、まだ憮然たる面持ちのまま、

「母親が強い時もありますよ」

「どんな時？」

「子供を捨てて男とカケオチする時」

女よ、大志を抱け！

「わたしがライスカレーが嫌いなことを知っていて、うちの仲子《なかこ》はライスカレーばっかり作るのよ」

とハナヨさんはいった。

この一言を聞いただけで、たいていの人が仲子さんとハナヨさんとの関係を察してしまうだろう。

「姑《しゅうとめ》とヨメさんね」

すぐピンとくる。実の母娘《おやこ》だと思う人はまずいないだろう。

「わたしがカレーライスが嫌いなことを知っていて、うちのおかあさんはカレーライスばっかり作るのよ」

この言葉を聞けば、たいていの人が「うちのおかあさん」とはこの人の母親ではなく、姑さんね、と推察するだろう。

昔、私の知り合いに、子供が梅干嫌いなのでわざと毎日弁当に梅干を入れ、残して来ると叱《しか》るという母親がいた。どうしても子供の梅干嫌いを直そうとして、お弁当に梅干以外のおかずを入れなかったりした。それが母親のなすべきこと、子供に好き嫌いをさせてはならないという使命感に燃えていたのである。

だが今はそんな厳母はいなくなったので、嫌いなライスカレーを食べさせられている、という話を聞けば、誰《だれ》もが迷うことなくピンときて、

「あすこのお宅もやっぱり……」

やっぱり……の後をいわなくても、すぐにわかり合って肯《うなず》くのである。

ライスカレーが嫌いなのに、それぱっかり食べさせられているハナヨさんは、

「ヒジキと油揚の煮たので、おなかいっぱいご飯を食べたい！」

と悲痛な声を出した。

仲子さんは別にハナヨさんの食事の量を制限しようとしているわけではないのだろうが、

「あんな牛のゲロみたいなもの、見ただけで食べる気がなくなるわ！」

とハナヨさんはいった。

「それならヒジキを自分で煮ればいいじゃないの」

私がそういうと、ハナヨさんはあまりにも私が無造作にいうといって、私を恨《うら》んだ。

「それが出来るくらいなら苦労しないわよ！」

と力をこめる。

「なぜ出来ないの？　ヒジキなんて安いもんじゃない」

するとあなたは小説家のくせに何もわかっちゃいない、とハナヨさんは怒ったが、いくら怒られてもわからないものはわからないのである。


仲子さんはハナヨさんがライスカレーが嫌いなことを知っていて、わざとそれを作るのだ、とハナヨさんはいった。しかもそのカレーも、口が曲りそうに辛いのをわざと作るという。

そうじゃあなくて、仲子さんはライスカレーが好きだからつい作るのではないのか？

あるいは夫や子供が好きだから作るのではないのか？

あるいはそれ以外に得意な料理がないのではないか？

私はそう訊《き》いたが、ハナヨさんはゼッタイそうじゃあない！　と頑張った。仲子さんはハナヨさんにイジワルをしているのだといい張ってきかない。

「だからね、わたし、シャクだから、口がヒン曲りそうなのをおいしそうな顔して食べてやるの！」

シャクだから手をつけない、というのかと思ったら、シャクだから辛いのを我慢しておいしそうに食べるのだという。イジワルをしている仲子さんを失望させるためだという。しかし仲子さんにしてみれば、ハナヨさんが口のヒン曲りそうなライスカレーをうまそうに食べるので、よけい作る気になっているのかもしれないのである。

ということは、仲子さんはイジワルなのではなく、鈍感であるだけなのかもしれない。

「わたしはライスカレーは嫌いだから、ヒジキを煮るわね」

一言そういえばすむのに、それをしないでわざとことをややこしくして怒っている。もしかしたらおヨメさんがライスカレーを作らなくなったら、ハナヨさんは気が抜け、今度は腹を立てる材料を奪われたことに腹を立てるのではないだろうか。

またハナヨさんは仲子さんが「ライスカレー」のことを「カレーライス」というのも気に入らない。

「今日のライスカレーはカレーがよくきいてるわねえ」

というと仲子さんは、

「カレーライスはやっぱり辛くなくては」

断乎としてライスカレーというまいとする、かたくなな反抗的な態度を見せるのだそうだ。のみならず仲子さんは「カレー」といわず、ときによって「カリー」と発音する。そんな発音をするときは、わたしを侮りたい気分のときよ、とハナヨさんは力説した。

仲子さんはコーヒーを「カフィ」という。「倖《しあわ》せ」を「ハッピネス」という。何か気に障《さわ》ることがあると、そういってハナヨさんの無学をあてこするのだという。

こういう憤りを聞くと、私は何をどういえばいいのか困ってしまう。つまらんことにゴチャゴチャこだわりなさんな、と怒ってやりたいが、もしかしたら、ハナヨさんの邪推憶測は案外当っていて、仲子さんは姑の時代遅れ、無学、ガンコ、イジワルに対抗するために、わざと口の曲りそうなカリーライスを作り、必死でガマンして食べているハナヨさんの額の汗を横目に見て、心の中で、ク、ク、ク、隠微な笑いを洩《も》らしているのかもしれない。

そうしてハナヨさんの留守に友達に電話をかけて、

「とにかくねえ、あんな役に立たない姑さんって見たことないわ。掃除をすればほら、老眼でよく見えないでしょう、だもんだからホコリが残ってるのよ。洗濯してもらうと洗剤をケチるもんだから汚れがとれてないし、おまけに水を節約してススギも足りないのよ。その上におかずに文句が多いでしょう。わたしね、ダンコ黙殺してやるの、わざと好きなものは作ってやらないの」

長々と悪口いって笑っているのかもしれないのである。

二人が顔つき合せているのがよくないのよ、と勧める人がいてハナヨさんは「女性のための古典講座」の会員になって、万葉や源氏の講義を聞きに出かけて行くようになった。また仲子さんは仲子さんで、午前中、パートで保育園の手伝いに行くことになる。

するとハナヨさんは古典講義の席で同じような境遇の人に会い（仲子さんは仲子さんで保育園で姑と同居している人と知り合い）、互いに肝胆相照らす相棒を得てエネルギーはいっそう燃え上り、この次にあの人に会ったときはこの話をしてやろう、あ、これも、あれも忘れずに、とメモまでつけて不満を探す。

「それはひどいわねえ」

「いくらなんでもあんまりだわ」

「うちのもひどいと思ってたけど、上には上があるものねえ」

といい合うことによって尚《なお》のこと不満、怒りは膨張する。なまじっか少し食べたために胃の腑《ふ》が刺激されて、空腹感が募るようなものだ。


どうにもこうにもこれではしようがないのである。いくら相談されても、こういうときの特効薬は何もない。百万の言葉、説教、みな無駄だ。

「女よ、大志を抱け！」

そうとでも叫んで景気をつけ、早朝ジョギングにでも誘い出すか、姑カラオケ大会でもやるか、そうしてエネルギーが燃え尽きるのを待つよりほかに、私にはいい方策は浮かばない。

それにしても特別、男性には大人物が揃《そろ》っているというわけでもないのに、舅《しゅうと》とムコさんの間には、こういう戦いが起きないのはどういうわけかしら。

近くて遠きは男女の中

山田家《やまだ》の愛娘《まなむすめ》、大学生の直子《なおこ》さんのところへ、始終遊びに来る大田《おおた》くんという同級生がいる。高校時代からの友達で、大学は違うがもう五年間、絶えることなくつきあっている。山田家のおばあさんは直子さんをつかまえては、

「大田くんという学生さんは、直子の何なんだい」

と訊《き》くのが口癖になっていた。

「ボーイフレンドよ」

とその度に直子さんは答えるが、おばあさんは納得がいかず、

「ボーイフレンドってのは何だい」

と訊く。

「文字通り、男の友達」

直子さんの答は、おばあさんにはまだ不満である。

「男の友達――」

おばあさんは口の中で何度も呟《つぶや》いてみたが、どうも釈然としない。

「男の友達っていうのはどういう友達だい」

とまた訊《たず》ねる。友達なら「友達」といえばいい。それをわざわざ上に「男」をつけて「男友達」と呼ぶのは何やらただの「友達」とはわけが違うような気がする。

「友達と男友達とは違うのかい」

と訊くと、

「男友達は友達よ」

直子さんは答えてケロリとしている。

しかしおばあさんは「これは安心していられないぞ」と心中ひそかに目を光らせた。それとなく大田くんの身辺に注意を払い、親は何をしている人か、住居は持ち家か借家か、マンションか、ローン返済中かなんてことを調べようとしたり、やがて直子のムコになるかもしれない男だと思うと、酒好きらしいのが気になったり、いや、それ以上に気がかりなのは、二人の仲がどこまで進んでいるかということである。

直子は大田くんとスキーに行ったり、夏は北海道旅行を楽しんだりしているのだ。直子は大田くんのことをフミと呼び（大田くんの名は文武《ふみたけ》という）、大田くんは直子のことをナオと呼んでいる。

男と女が互いに呼びすてにし合うというのは、相当に親密である証拠だとおばあさんは思い決め、

「間違いが起らないうちに、結婚させた方がいいんじゃないかい」
と直子の両親にしばしば注意しているのである。

おばあさんの若い頃《ころ》、おばあさんの家には花代《はなよ》という家事手伝いがいた。年は十八、東北の農村から出て来たばかりでズーズー弁が抜けず、満面ニキビの花盛りで赤茶けて少ない髪を無理に束ねて首筋でゴム紐《ひも》で結わえているのが、いかにも田舎《いなか》くさかった。

その花代がおばあさんの家へ来てしばらくすると食事が進まなくなった。医者よりクスリよと騒いでいるうちにだんだんお腹がせり出して来た。

「あれは、もしかしたらコレとちがいますか？」
とお腹の前で手で弧を描いてみせる人がいて、
「まさか！　そんな……」

おばあさんをはじめ、家中の者が信じられないという声を出したのだったが、やはりそれは妊娠で、相手の男は誰《だれ》かというと隣家の建増し工事に来ていた大工だとわかったのである。

「まあ、呆《あき》れた！　いったい、いつの間に……」

と皆はびっくりしたが、

「枕草子《まくらのそうし》にも出ていますよ、遠くて近きもの、極楽、船の道、男女の中ってね」

とガクのあるところを見せる人などもいて、一同、

「ホントに、この道ばかりは、わかりませんわねェ、オホホホ」

と顔見合せて肯《うなず》き合ったのであった。

遠くて近きは男女の中。

だから油断はしていられないのだと、その頃のおとなは若者たちの動静に目を光らせたものである。

大事な娘（息子《むすこ》）が悪い男（女）に欺《だま》されはしないか。

父《てて》なし子を産んで、一生を日陰の身で送るようなことにならないか（未婚の子を産ませて百年の不作を背負いこむことにならないか）。

色恋沙汰《ざた》で身をもち崩すようなことにはならないか。

「もしも男の学生から手紙を貰《もら》ったりしたら、つき返すか、さもなければご両親か先生に渡しなさい」

娘を預かる学校ではそんな校則を作ったり、親は親で怪《あや》しげなものはないかとむやみに疑って娘の鞄《かばん》やポケットを調べたりしたものだ。


今、山田さんのおばあさんは、ひとりあれこれと気を揉《も》んでいるのである。

大田くんのことを秘密裡《り》にいろいろ調べた結果、直子さんの一生を托《たく》するに足りる男とは思えないふしが出て来た。そこでおばあさんはいった。

「直子や、大田さんという人のことだがねえ、あの人とのおつきあいは、ホドホドにしておいた方がいいよ」

「どうして？」

と直子さんは無邪気に問う。

「あの人は気さくないい人だけど、夫として考えると、どうも、もうひとつ信頼出来ないようなところがあるように思えてねえ……」

直子さんはこともなげにいった。

「結婚？　大田くんと？　そんなもの、誰がするもんか！」

「するもんかって……あんた、あんなに仲よくしてて……」

「仲よくしてるからって、どうして結婚と結びつくのよ！」

「でも、直子は一緒に旅行までしてる間柄だからね」

「一緒に旅行したら結婚しなくちゃいけないの？」

「だってね、旅行するってことは……一緒に寝泊りすることだからね」

「寝泊りする！　それがどうして結婚と結びつくの？」

「だってお前、男と女が二人で一週間も泊って歩けば、それはもう、特別のカンケイがあるもんだと誰でも思うもんだよ」

「そうなの？　へえ、そう……」

　直子さんはいった。

「あんなの、直子はオトコと見なしてないわよ！　マメだから、便利なのよ、彼。ただそれだけ」

「お前はそういう気持でも、大田さんの方はそうでないかもしれないよ。もしそうなら厄介なことにならないうちに、おつきあいをやめた方が……」

「なにいってるのよ、おばあちゃん。向うだって、私が小遣いを持ってるからくっついてるだけよ」

ならば、直子が好きな男性はどこの誰なのかと、おばあさんは直子さんのボーイフレンド達を改めて観察しはじめた。大田くんの次に仲よくしていた小川《おがわ》くんか、あるいは加藤《かとう》くんか、本田《ほんだ》くんか……

だが直子さんはいった。

「小川くん？　あれはダメ。いばりやなんだもの。加藤くんははじめはよかったけれど、ケチであることがわかって来たからダメ。本田くんは友達としてならいいけど、亭主としてはねえ……あんなにおとなしくちゃ出世しないわ、きっと」

おばあさんは憮然《ぶぜん》として呟《つぶや》いた。

「男と女があんまり近づきすぎるのはよくありませんねえ」

老婆心《ろうばしん》を出す場がなくてつまらないのを通りこして、これでも年頃《としごろ》の女かと、心配になるという。

何もせぬ人正しい人

あるところに賢夫人がいた。

その賢夫人がかねがね歎《なげ》いていることは、

「どうしてあの人はああなんでしょう」

「どうしてわかりきったヘマをやるんでしょう」

だった。

「そんなこと、はじめからわかっているのに」

「だから私がいったでしょう」

というのが口癖のようになっている。

ある日、賢夫人のご亭主は大学時代の友人から借金を申し込まれた。その友達は不遇で、勤める会社は倒産ばかりしている。そこへもってきて奥さんが五人目の子供を産んだ。その出産費用を借りに来たのである。

賢夫人は金を貸すことに反対である。しかしご亭主は金を貸したい。なぜならご亭主は学生時代にその友人に世話になっているのだ。その頃ご亭主は、貧乏な親が苦労して送ってくれた授業料と下宿代を、そっくり封筒に入れたまま泥棒に持って行かれた。それをその友人が助けてくれた。

その話を聞くと賢夫人はいった。

「またどうして泥棒なんかに持ってかれるようなところに置いといたんですよ、そんな貴重なお金を」

「机のひき出しに入れておいたんだがね」

「机のひき出しなんかに入れるからそんなことになるのよ」

　そんなことといったって、貧乏学生の貧乏下宿には古机がひとつ、それ以外に入れるものなんて何もなかったのだ。しかし今頃、そのことについて議論してもしようがないから、ご亭主は黙っている。黙って友人に金を貸した。そしてその金はもう八年になるが返って来ない。それがバレて、賢夫人はいった。

「そらごらんなさい。だから私がいったでしょう。そんなこと、はじめからわかってるのよ！」

　またある日賢夫人のご亭主はクルマを買おうとした。賢夫人は反対したが、ご亭主はクルマを買い、追突事故でムチウチ症になった。

「それごらんなさい！　だから私が反対したでしょう。私のいった通りになるわ」

　賢夫人はいった。ご亭主は通勤に電車、バスを乗り継いで二時間かかるのである。

「二時間かかっても事故を起して人に迷惑かけるよりはいいわ」

確かに結果からみると、その意見は正しいのでご亭主は一言もない。

また別の日、ご亭主は釣りに行こうとした。すると賢夫人は反対した。

「東京湾なんかでロクな魚は釣れないわ。およしなさいよ」

その通りご亭主は何も釣れず、魚屋で鰺《あじ》を買って帰って来た。賢夫人はいった。

「高い鰺を買って！　こんな無駄をすることははじめからわかってたのよ！」


賢夫人のいうことは常に正しいのである。それでご亭主はいつもやられている。何しろご亭主の失敗は、必ず賢夫人が事前に反対していたことなのだから。それでご亭主としては、

「うるさいッ！」

と怒鳴って失敗をごま化すほかないのだった。

しかし、よく考えてみれば、賢夫人が反対したにもかかわらず、失敗しなかった

こともあるのだ。

「およしなさいよ、あんな山の中の土地を買ったって、値上りなんかゼッタイしませんよ」

断乎《だんこ》反対していたのが、新幹線が通ることになって突然、値上りしたこともある。

二階の雨戸を修理しておこうとご亭主がいうのに反対してそのままにしておいたら、颱風《たいふう》が来て雨戸が吹き飛んでしまったこともある。

だがそんなとき、賢夫人は何もいわない。

「あなたのいう通りだったわね」

とは決していわない。しかし、賢夫人は己のミスをごま化そうとしているわけではない。実に無邪気に、自分が反対したことを忘れているのである。

それは例えば占師に観相してもらった人が、当らなかったことは忘れ、当った場合のことだけよく覚えていて感服するのに似ている。これはパーセンテージの問題であって、六割当れば客は当らなかった四割を忘れるのである。

つまり賢夫人のミスというのは量において微々たるものであり、ご亭主の失敗の方が遥《はる》かにその回数を上廻《うわまわ》っている。だから賢夫人は自分のミスを忘れ、ご亭主のミスばかり目につくのだ。

「だからオレが雨戸を修理しようっていったじゃないか」

とご亭主がいったとしても、

「あんな古雨戸、修理したところで飛んだかもしれないわ」

とくる。

「どっちにしてもいずれは取り替えなくちゃならなくなるんだから、飛んでもよかったのよ」

なるほど、そういう考え方もある、とご亭主は又しても一歩を譲る。

賢夫人はなぜ賢夫人なのか？　なぜそのようにいつも正しいのであろうか？

——即《すなわ》ち、彼女は何も行為しないからである。

私はそう思う。

彼女は何もしない。外出が嫌い、買物が嫌い、交際が嫌いである。家にいてお茶を飲んでテレビを見ているのが好きだ。ご亭主が稼いで来る生活費の範囲できちんと家計を司《つかさど》っている。人に迷惑をかけず、かけられもしない生活を心がけている。何もしない人間は失敗をすることがないのだ。外出しなければ風邪《かぜ》もひかず、車にはねられることもない。人に金を貸さなければ、返さないといって怒ることもなく、損をすることもない。事業をやらなければ倒産することもなく、勤めなければ課長に叱《しか》られることもなし。パチンコをしなければ損することもなく、酒を飲まねば酒席で喧嘩《けんか》して負けることもないのである。

しかし「生活する」ということは、電車に乗って足を踏まれ、会社に行って上司に叱られ、気晴しにパチンコをして損をし、酒を飲んで喧嘩をし、人に金を貸したり借りたりしなければならぬことなのだ。

好むと好まざるとにかかわらず、男はそういう生活の中に身を置いている。安定株と信じて株を買ったのも、家庭の安泰を図ればこそである。無理してクルマを買うのも、往復四時間のラッシュアワーの通勤に心身をすり減らさないためである。返って来ぬとわかっている金を友人に貸すのも、浮世の義理人情からだ。

家の中だけで生きている者と、家の外で生きている者との違いはそこにある。家の中だけで生きている者は、失敗を予想しては反対さえしていれば無事である。相撲解説者はいう。

「あんな立ち合いでは当然、やられますよ」

と。解説者が幸福なのは、彼は決して相撲をとらないという点にある。

女性が解放され、家庭の妻たちも社会に出て働くようになるのを、世の男性たちはなぜもっと奨励しないのだろう。それは女性のためではなく男自身のためなのに。妻たちが茶の間を出て「行為」しはじめれば、その「正しさ」をふりかざしてご亭主をとっちめることもなくなって行くであろうに。

弱者は強し

我々の子供の頃は、どこの町内にも棒切れを持って道の真中にがんばり、学校帰りの子供たちを待ち伏せしていて虐《いじ》めるガキ大将が一人や二人はいたものである。

彼は標準よりも図体が大きく、機敏で喧嘩《けんか》が強かった。絶え間なく顔や手足にコブや傷があってハナを垂らしている。そうして、

「やい！　チビ！　オレの股《また》ぐらを通ってみろ！」

とか、

「お前、算数の点数、何点だ？　え？　いってみろ！　いえよ、いえよ！」

相手が落第点をとったことを知っていて詰め寄る。

「お前の目、どこ見てるんだ？　オレの顔見てみろよ、おい、見ろったら見ろよ！」

と殴られる相手はひどい斜視なのである。

ハナタレ小僧のあくたれは腕力があって滅法強い。だからどの子供も虐められっぱなしで刃向ったりしない。気の弱い子供は遠まわりをして学校から帰るが、遠まわりの道にはやたらに吠《ほ》え立てる土佐犬がいたりして、弱虫は毎日が憂鬱《ゆううつ》である。弱虫はとうとう「学校へ行かない」といいだす。それを聞いた親はカンカンになって怒り、

「学校へ行かないってどういうこと！　え？　どういうこと！　お前は自分を何だと思ってるのよ！　子供が学校へ行かなくてどうすんのよ！　え、どうすんの！」

やみくもに責め立てられ、仕方なくランドセルを背負ってトボトボ家を出ると、またあのハナタレのあくたれが道で待っていて、

「こらアッ！」

獲物を見つけたライオンみたいに追いかけて来て、

「お前のカアチャン、デベソ！」

とからかう。

「デベソなんかじゃないよぅ」

抗議をするのも口の中。はや目の中には涙がいっぱい溜《たま》って、泣くまいとしても口が曲って泣き顔になって行くのをどうすることも出来ない。

「だって、虐めっ子がいるんだもん……」

と親に訴えでもしようものなら、

「そんな子、ほっときなさい！　相手になるからいけないのよ！」

親は無理解も甚しいことをいってすましている。ほっとけばそれですむものなら、それほど悩みはしないのである。

その頃の学校では毎日のように先生が、

「弱い者虐めをしてはいけません」

と教えていた。毎日そういわねばならぬほど、昔のあくたれはあくまで強く、弱虫はとことん弱かった。あくたれは強いがゆえに家来になる者もまた少なくないのである。そして家来にしてもらえないようなのが徹底的に虐められた。弱虫は弱虫であるがゆえに虐められた。

だが情勢は一変した。

あくたれが棒切れをふり廻《まわ》すと、

「いけないよ！　暴力は！」

と賢げな声でいう子供が増えて来たのだ。

「なにッ、この野郎、チビ！　お前の算数の点数、何点だ、いってみろ！」

「何点だっていいじゃないか。人間だもの、出来るときもあれば出来ないときもある！」

ともっともらしい理屈をこねる手合いも現れる。

「お前、どこ見てるんだ？　オレの顔見てるのか？　え？　このヤブニラミ！」

などといおうものなら、

「そんなことといってはいけないのよ！　人の身体的な欠点をいいたてるものじゃないわ！　いけないわ、いけないわ」

「そうよ、そうよ、××くんはなにも、好きでヤブニラミになったわけじゃないのよ。ヤブニラミは××くんの責任じゃない！　その人の責任じゃない欠点をいいたてるなんて卑怯《ひきょう》だわ！」

「そうよ、そうよ、サベツ意識よ！」

女の子まで出て来て一斉に正論を吐く。

あくたれはヤケクソになって、

「うるさいッ！　てめえらァ、ぶっとばすぞォ！」

と両手をふりまわして一所懸命暴れるが、

「喧嘩はよしましょう」

「ほっときましょう」

「××くん、いらっしゃい、こっちで遊びましょう」

こわがりもせず、さっさと向うに行ってしまい、弱虫は結構大切にされて、

「けど、△△くん（あくたれのこと）だって悪い子じゃないんだよ」

自分の弱虫も忘れて利発ぶっていえば、

「そうねえ、悪い人なんてホントはいないのねえ。△△くんもきっと寂しいんだわ」

「ねえ、お友達になってあげましょうよ」

「それがいいわ、それがいいわ」

「賛成」

などと、次第に学芸会の劇みたいになって行くのもイマイマしい（あくたれにとっては）。


かくて、アタマ悪く怠け者で、宿題は忘れてばかり、算数は一〇〇点満点でいつも七点前後、意気地なしの臆病者《おくびょうもの》でも、一向に不登校にもならず学校へ行くが、それでも算数のテストがある日などは、

「ぼく、学校へ行きたくない。気分が悪いんだよう」

などという。すると母親は驚いて学校を休ませる。度重なると母親は教師に会いに出かけて行く。

「算数のテストだというと気分が悪くなるということは、おそらく算数がキライな

んだと思うんでございます。なぜ算数をキライになったのか？　それは、あるいは教え方に問題があるのではございませんか……」

要するにアタマが悪い、怠け者なんだよ、お前サンのムスコは……教師としてはそういいたいところだが、それをいうとサベツ意識を云々《うんぬん》されるので、

「私もよく反省してみます」

神妙に頭を垂れて考えこむ姿勢を作ったりしなければならない。

あっちで守られ、こっちでいたわられ、弱虫の怠け者はだんだん、いい気になって行く。

「こらァ！　チビ！」

あくたれが叫んで近づいていくのを、逃げもせず立ち止ってじィっと見守っているようになった。

「算数の点数、いってみろ！」

「………」

「さあ、いってみろ！」

頑固に黙って立っている。今に誰かおしゃまな女の子が助けに来てくれるだろうと待っている。

「なぜ黙ってるんだ！　こいつ！　殴るぞ！」

あくたれは威嚇《いかく》するが、弱虫は逃げ出したりしないのである。みんな弱虫の味方である。弱虫はいたわらなければいけないとみんなが思うので、弱虫自身もオレは弱虫だからいたわられるべきだと思いこんで、弱虫であることを武器にしかねない有様となって来た。

「オレは弱いんだぞ、弱いんだぞ！　いいのか！　こんな弱虫を虐めて！」

でかい顔で弱虫ぶっている。

そしてあくたれは小さくなってひとりぽっち。思いっきり石でも蹴《け》って帰りたいが、蹴る石すらも舗装に包まれた道にはどこにも見当らないのである。

今ではかわいそうなのは、弱虫ではない。あくたれなのである。

強者は弱し

道で男の子が転んで泣くと、かつて、母親たちはいったものである。

「何を泣くんです！　男の子が泣いたりするものじゃありません！」

女の子が転んで泣いても母親は叱《しか》らない。なぜなら、女の子は弱く優しく、男は強く逞《たくま》しくなるべきものと決められていたからである。

女の子が男の子と喧嘩《けんか》をしたら、必ず女の子は負けて泣いた。たまに女の子に泣かされる男の子がいたとしたら、何です、女の子に負けるなんてイクジなし！　と親に叱られ、また友達からは、

「ヤーイ、ヤーイ、弱虫ヤーイ」

と囃《はや》された。

男は強く、それゆえ偉いのであった。だから強く偉くあるべき男の子が、残った昨夜のおかずのことをいつまでも覚えていたり、野菜の値段を知っていたり、女の子の荷物を持ったり、ニキビとり化粧水を使ったりしていることが判明すると、男のクズと罵《ののし》られた。そういうことに心を配っているようでは、「強い男」にはなれないとされたのである。べつにそういうことに心を配ったからといって、強くなれないということはないと思うのだが、なぜかそう思い決められていた時代がある。そうして、その思いこみに添って男は強く、偉くなった。本当に強く、偉かったのかどうかは甚だ疑問であるが、少なくとも皆そう錯覚した。

強者である男は、女子供を養い守るのである。家を建てるのも男、金を稼いで来るのも男、盗賊が侵入して来たら女を背後に庇《かば》って戦うのも男。賊に殺される危険があっても、あえてその危険に立ち向う。強い男は女と一緒になって逃げてはならないのである。生憎《あいにく》、賊の方が強くてやっつけられたとしても、人は彼の勇気を讃《たた》えこそすれ、それをつまらぬ蛮勇であるなどと批判したりはしなかった。負けると知りつつも戦うのが「強い男」というものなのだ。

強い男は自分の強さに自信を持ち、女子供を睥睨《へいげい》した。

「グローブがほしいよォ」

と子供がねだると、母親は必ず、

「お父さまにうかがってから」

といった。強いお父さまが、

「そんなものを買うことはならん」

というと、もう、どう泣き喚《わめ》こうとダメである。

「あなた、あんなに泣いているのですから、ねえ、買ってやって下さいませんか」

「ダメだ！　ダメといったらダメだッ！」

怒号すると、泣き叫んでいた子供もピタリと泣きやむ。それも父親が強く偉いからで、

「あなた、そんな可哀《かわい》そうなことをいわないで……」

妻が懇願すればするほど、

「うるさいッ！　黙れ！　ダメだといったらダメなんだッ！」

意固地《いこじ》に喚く。そんなに意固地になるのも、偉く強いところを誇示せねばならぬという使命感のためなのかもしれなかった。

強くて偉いそんな男が、妻に逃げられた。妻はふとしたことで知り合った優しく弱い男のもとに走ったのである。

「あんなヤツは男のクズだ！　女の腐ったようなヤツ！　あんなヤツのどこがいい

んだ！　電車の中で酔っ払いが女にからんでいるのを見ると、急に眠ったフリをするようなヤツだ、あいつは！」

と強い男は憤怒したが、逃げた妻はいった。

「何のカンケイもないひとが酔っ払いにからまれているからといって、ノコノコしゃしゃり出て、殴られて背広を破って帰る人より、眠ったフリしてる人の方がなんぼか利口よ」

と。

「あんな男は男じゃない！　女の稼ぎをアテにして暮しを立てているような男はフヌケだ！」

と強い男は妻を奪った男の悪口をいった。今まで強い男の下で飯炊き洗濯に明け暮れていた彼女は、愛人との新しい生活のためにスーパーマーケットで働きはじめたのである。

更に強い男はいった。

「ヤツは女に働いてもらって、飯炊き洗濯を手伝っているというじゃないか。アイロンなんか、女よりうまくかけるという。男の恥だ！　クズだ！　フヌケだ！」

しかし逃げた妻はいった。

「あの人は優しいのよ、優しいから好きになったのよ。強い男なんて、ダイッキライ！」

強い男はいよいよ憤激して、優しい男のところへ談判に出かけて行った。

「男同士で話をつけよう！」

強い男がそういうと、弱い男は居留守を使った。

「居留守を使ったってダメだ！　男らしく出て来い！」

強い男が喚くと、優しい男は裏口からこっそり逃げ出した。それを知った強い男は怒鳴った。

「卑怯者《ひきょうもの》！　それでも男か！　男なら堂々と出て来い！　弱虫！　オレがそんなに怖いのか！」

　優しい弱虫は強い男が怖《おそ》ろしくて、強い男のところから逃げて来た女と共に、強い男の手の届かぬ遠いところへ行ってしまった。やがて女から強い男に手紙が来た。

「あなたがおっしゃるように、彼は弱い男です。ですから私は彼の力になりたいと思うのです。あなたは強い人だから、私の助けなんかなくても、立派にやって行かれるでしょう」


　強い男は男手に子供を抱えて雄々しく暮して行かねばならなくなった。しかし、彼は何をどうしてよいやらわからないのだった。彼の家の玄関にはラーメンのどんぶりやすし桶《おけ》が毎日つみ重ねられ、子供は泣き、家の中は埃《ほこり》だらけ、ズボンの膝《ひざ》はふくらんで靴下《くつした》はイヤなにおいを漂わせるようになった。

何しろ強い男というものは、稼いだり、危険に立ち向ったり、怒鳴ったりする以外は何もしたことがなかったのだ。彼は途方に暮れた。途方に暮れたが、誰かに助けを乞うわけにはいかない。彼は「強い男」なのである。だから人に弱味を見せず、黙って耐えなければならない。

彼は耐えた。馴れぬ手つきで靴下を洗い、掃除をし、電気ガマで飯を炊くことを覚え、インスタントラーメンをうまく作るコツを研究し、取れたボタンを縫いつけ……そうして彼はひそかに涙を流した。

そうだ、彼は弱々しく泣いたのである。

誰もいない生活、彼が養い守ってやるべき存在のいない生活、その強さを見て感心してくれる人、彼の強さにヒレ伏し、尽してくれる人のいない生活の寂しさはいいようもなく彼の胸に喰《く》い込み、彼はすすり泣いた。誰が強い男のそんな涙を想像しよう。強い男は、弱い女がいることによって強い男になれたのである。

女が強くなった今、かつての「強い男」は寂しくも弱々しい男になって行くであろう。そうして弱い男は女の庇護《ひご》を得て心強く生きられるようになるだろう。しかし強くなった女が、この後どうなって行くか、今のところはよくわからない。

美醜は糾《あざな》える縄のごとし

昔――といっても私などの女学生時代のことだが、その頃はブラジャーのことをチチバンド、もしくはチチ当《アテ》といい、それは恥ずべきもの、それを使用していることを人に悟られてはならぬものとされていた。

いい替えると、その頃はオッパイが大きいことは女の恥だったのである。オッパイは赤ン坊に吞《の》ませることによって大きくなるものであって、娘時代からのデカパイは「いやらしい」とされ、それは押え隠さねばならぬものだったのである。よろず肉感的であることはよろしくないことであった。洗濯板の胸が颯爽《さっそう》としてよかったのである。

だからその頃のデカパイの持主は劣等感に悩んだ。デカパイを隠すためにチチ当を用いた。しかしチチ当を使用していることが、体操服に着替える時などにバレたりすると、

「ちょっと、ちょっとK子さんたらチチ当してるのよォ」

「へーえ、ホントオ？　恥ずかしいヒトねえ」

などと蔭口《かげぐち》を叩《たた》かれて、

「あーあ、どうして私のオッパイはこんなに大きいのか」

こんなオッパイに産んだ母を恨《うら》み、楽しかるべき青春時代も走るにつけ跳ぶにつけ、クヨクヨのし通しであったのだ。

ところがそのうちに、突如、デカパイがよいという時代になった。日本は戦争に負け、住居、食物、服装、すべてアメリカ風なのがよくなって来たのだ。今まで威

張っていたペチャパイは慌ててオッパイを大きく見せかけるべく、チチ当——いや、ブラジャーにパッドなるものを入れて胸を出っぱらせるという騒ぎ。

デカパイの方は昨日まで泣いていた烏《からす》が今笑う、というふうで、

「ちょっと、ちょっと、A子さんのオッパイ、アレ、ホンモノと思う？」

「ホンモノのわけないじゃないの、ブラジャーにパッドだけじゃ足りなくて、それをガーゼでくるんだものを入れてるのよ」

「やっぱり……可哀《かわい》そう……」

可哀そうがりながら笑っている。

デカパイに悩み、晒《さらし》をグルグル巻きつけた締めつけ苦労の日は遥《はる》か彼方《かなた》へ退《しさ》って行った。かつての苦悩が今は倖《しあわ》せを呼んでいるのである。

昨日の禍《わざわい》を今日の福に転じている。今日の福はまた明日の禍に転じるかもしれない。まことに禍福は糾《あざな》える縄のごときものであるように、昨日のブスは今日の美

人になり、今日の美人は明日はブスに転じるかもしれないのである。

かつては「いやらしい」もの、不格好なものとして恥じて卑下しなければならなかったデカパイの持主は、ユッサユッサとオッパイを必要以上にゆすって、毎日が幸福に輝いている。街を歩けば男たちが目を留め、声をかけ、同性のペチャパイあるいはナミパイは羨望《せんぼう》の横目を投げかけて通り過ぎて行く。

その倖せに負けまいとして、ペチャパイさんの中にはシリコンなるものをオッパイに注入してニセのデカパイを作る手術を受けた人がいる。

そうして街を歩くと男たちの目が我が胸に注がれる……ような気がして、自信が湧《わ》いてきて人生が明るくなるのである。

デカパイも幸福、贋《にせ》デカパイも幸福。贋デカパイを作ってもらう資金もなく、決心もつきかねるペチャパイさんは、日々、何となく面白くなく、デカパイや贋デカパイを横目で睨《にら》んで、

「以前はデカパイなんて決して自慢出来るものじゃなかったのよ、恥じて隠したものですよ」

「そうそう、我々はホルスタインじゃないんですからね、オッパイ大きけりゃいいってもんじゃないわ」

憤然と慰め合っていた。

ところがである。そのうちに天下の大勢に微妙な動きが生じて来たのだ。

ツイギーというイギリスのモデルが現れて、ミニスカートの流行と共に何でも痩《や》せて細くて小さいのがよい、ということになって来た。デカパイにはミニスカートは似合わないのである。

ツイギーは「小枝チャン」と呼ばれている。あえていうならば骨皮スジ子さんである。割箸《わりばし》のように痩せてふくらみがなく、胸もペタンコだ。

そうしてデカパイの値打ちは下落していった。

「何だか暑くるしいカンジねえ。胸がやたらに大きいのも」

という声がチラホラ聞えて来る。

「そうれ、ごらん、だからいったでしょう。待てば海路の日和《ひより》とやら。今にペチャパイの時代が来るって……」

と人生経験を積み重ねて来たフナフナオッパイさんが、ペチャパイを諭した。

「何がいいか、何が悪いか、人生が終ってみないとわからないものなんだよ。スカートの長さだって、短いのがよくなったり、長いのがよくなったりする、アレと同じよ。慌てて、チョン切らなくても待っていれば長い時代が来る」

フナパイは人生の幾山河越えて来て、達観の域に近づいている。

しかし贋のデカパイ娘はまだ幾山河越えていないから、そんなフナパイの言葉も耳に入らず、

「フン、フナパイが、何をしたり顔にいうのよ！　いうならばあの人は、このこと

については資格喪失者じゃないのさ！」

と怒るのである。

贋デカパイは、注入したシリコンを抜き取る手術を受ける決心をした。そうして贋デカパイはもとのペチャパイに戻ったのである。

ホンモノのデカパイは昨日の倖せが不幸を呼んだことを知る。昨日まで仲間ヅラをしていた贋デカパイは、今は蝶《ちょう》のようにヒラヒラとペチャパイの仲間へと戻って行った。

「裏切者！　コウモリ！」

デカパイは口惜《くや》しさいっぱい。

そのときフナパイさんはいった。

「若い頃、私はお多福とかおかめとかいわれてねえ。器量が悪いことを気に病んだものでしたよ。その時、母親が詠嘆してこういったものよ、昔はおかめは美人とされていたのにねえ……って。いったいいつから、誰が、ホリの深い顔が美人だということに決めたんだろうってね。ところがそのうちにファニーフェイスとかいうのがはやって来て、ぬいぐるみの人形みたいなのが美人ヅラをするようになって来た。そうして外国人がどんどん日本へ来る、日本人もどんどん外国へ行くようになると、外人の間ではおかめが美人としてもてはやされるようになって来たじゃないの。おかめの私がキモノを着てヨーロッパへ行ったら、可愛《かわい》い可愛いといわれて、モテたのモテないのって……」

フナパイさんの声は思い出を辿《たど》って束《つか》の間弾んだが、やがてもとの静けさに戻って彼女はいった。

「けれども今はもう、そんなことどうだってよくなったからねえ。デカパイがいいといったってペチャパイがいいといったって、グルグル廻《まわ》るんだからねえ。倖せが不幸を招くこともあるし、不幸から倖せが生れてくることもあるし……そうしてやがてはフナパイよ！　それが人生よ！」
どうやらありのままの自分、自分の自然に委《まか》せるよりしようがないもののようである。

狐の威を借る虎

あるとき、虎《とら》が狐《きつね》を捕えた。直ちに取って食おうとすると、狐がいった。

「神さまはこの狐を百獣の長と定められたのです。だからもし私を食うたとしたら、神さまは憤られるでありましょう。もしそれを信じないのなら、私の後について来なさい。私の姿を見て逃げ出さない獣は一匹もいませんぞ」

そこで狐が先に立ち、虎はその後からついて行った。すると兎《うさぎ》も猿も鹿《しか》も、出会う獣という獣が一匹残らず慄《ふる》え上って逃げ出す。

「なるほど、狐を怖《おそ》れて逃げているのだな」

虎はそう思いこんで、狐を食べるのをやめたのだが、その実、獣たちを走らせたのは狐の後にいた虎の姿であった。弱者が強者の力に頼って威張ることを「虎の威を借る狐」という。

昔は女にこの種の狐が多かった。昔の大衆小説を読むと、社長夫人、政治家夫人、学校長夫人、警察署長夫人など、夫の権力を笠《かさ》にきて威張り散らすイジワル女がよく出て来る。そういう女たちは、たいていダイヤの指輪、狐の襟巻《えりまき》、金縁のメガネ、金歯などで描写されており、「ざァます言葉」を使うのである。何か不届きなことがあると、

「主人にいいますわヨ」

といって相手を恐れさせる。何しろその頃の女は弱かったから、夫がたいした虎でなくても、その威を借りたものである。

「お父さんにいいますよ」

と、いうことを聞かない子供を威《おど》し、

「主人が奥に寝ています」

しつこい押売りなどには、そういって撃退した。すると奥の部屋でたいした虎ではない虎は、

「ゴホン！」

重々しく咳払《せきばら》いをして、猛《たけ》き虎の心境を味わったりしたのである。

そのうちにだんだん、虎の世界に変化が生じて来た。狐みたいな雄虎が増えて来たのだ。

「いやね。ぼくは保証人になってあげたいんだが、女房が反対するもんでねえ……」とか。

「勉強しないとお母さんがまた怒るよ」とか。

「期日に返済してくれないと女房が何をいい出すかわからないんでね」とか。

いつの間にかかつての狐が虎になってしまっている。それは狐がそれを志向してそうなったものか、虎が狐を志向してそうしてしまったものかよくわからないが、いい替えれば「狐の威を借る虎」ともいえるのである。

十数年前、我が家にも虎がいた。我が家の虎は後から思うとたいした虎ではなかったのだが、未熟なる私は彼は大虎であると信じていたのである。私はその頃、我が大虎と共に売れない小説をせっせと書いてはあちこちの出版社に持ち込み、

「もっと勉強なさらなければ」

などと断られたり、また文学仲間に読ませてはこっぴどい批評を受けたりしていた。

そんなとき、私は口惜《くや》しまぎれにいったものである。

「そんなことといったって、うちの大虎チャンは褒《ほ》めてるのよ！」

すると文学仲間の酷評の度合が少し弱まったりした。私の虎は文学論をやらせる

と、隠然たる力を持つ大虎だったのだ。

そのうちに大虎は文学を放棄して事業をやるようになった。そうしてあっちで欺《だま》され、こっちで利用され、ソンばかりした。彼は人に頼まれると断れないという気の優しい大虎だったのだ。必然的に狐の私は文句をいい、怒り哮《たけ》った。そしていつか彼はこういうようになった。

「女房のやつがねえ、うるさいんでねえ」

「今日は女房がいるので、また今度にしてくれないか」

「おい、うちの女房がこういってたぞ。××さんは営業に出ないで、パチンコして時間をつぶしてたって……」

本当は社員の××さんがパチンコ屋に入り浸っているのを発見したのは彼なのである。しかし「女房が」というと社員は慄え上る。

いつか私は狐ではなく虎になっていたのだ。そうして彼の事業が完全に破滅したとき、すっかり虎気分になっていた私は、狐になってしまった彼に頼まれて借金の肩代りをしてしまった。そうして虎気分のまま狐が逃げ出して行くのを追いかけもしなかったのである。

私の友達のご亭主が浮気をしたというので、友達が愚痴《ぐち》をこぼしにやって来た。ご亭主は会社の女事務員といい仲になってからというもの、もう半年近くも妻をほうり出したまま顧みないというのだ。友達が泣くので仕方なく私はいった。

「昔はね、浮気は男の甲斐性《かいしょう》といったものよ。浮気をしても妻に不自由はかけない、勿論経済面、セックス面、いろいろな面で、よ。その甲斐性があればこそ、女はヤキモチをやきながらも、仕方なく許したんじゃないの。それを何です！　女が一人出来たからといって、六か月も妻によう触らぬとは！　そんな能なしで浮気する資格なんかないわ。自分の甲斐性を考えてから浮気しろというのよ！」

「仕方なく」いったにしては、言葉が多すぎるとお思いかもしれないが、いい出すと調子に乗ってしまうのが、私が心にもなく大虎にされてしまうゆえんである。

友達は忽《たちま》ち顔を輝かせた。

「あ、それ、その通りに主人にいってやるわ！　佐藤さんがこういってたっていっていいでしょう？」

私は返事をしなかった。たとえいわないでほしいといったとしても、彼女は——狐はいうであろうことはもうわかっているのである。

しばらくすると彼女から電話がかかって来た。勝ち誇った声がいった。

「いってやったわ！　佐藤さんが甲斐性を考えてから浮気しろっていってたわって！　そしてね、こういう男がこの頃増えてるから、いましめのために、何かに書くっていってたわ。あなた書かれるのよ、って」

私はそんなことまでいった憶《おぼ》えはないのだが、そこが狐の狐たるところなのであろう。

あるとき、私はある人からこういわれた。

「××さんのご主人って、ものすごくあなたを怖がってるのねえ。どうしてかしら？」

××さんも私の昔からの友達である。私は××さんのご主人に会ったことがないので、恐怖を与えた憶えはない。しかし、私には大体の想像はつく。××さんはご亭主に腹の立つことがあると、私の名前を出してとっちめているのにちがいない。

友達ばかりかこの頃は、見ず知らずの読者まで狐になってきた。

「佐藤さんの男についてのエッセイを、わざと声高らかに主人の前で読み上げてやりました」と狐読者が手紙をよこす。

私は今や大虎なのである。べつに大虎になりたいと思ったわけではないが大虎になってしまった。

この頃の世の中にはこうして虎になってしまった奥さんたちが案外、少なくないのではないか。妻をおだてて、ラクをしようと考えている男たちが増えている。彼らは夫の権力を放棄して狐のラクを選んだ。

強くなったつもりで得意になっているうちに散々な目に遭ったという、以上は愛子虎の教訓のお話。

敗軍の将は兵を語る

ある地方都市のN高校の野球部は、今年こそ今年こそといいつつ、いまだかつて甲子園《こうしえん》全国大会に出場したためしがない。

今年は名投手であると同時にホームランバッター、その上ハンサムというA君がいるので、N高校の人気は沸騰して、町の人は大いに期待を持っていた。

ところが予選の結果は期待に反した。今年もまたN高校は緒戦で負けてしまったのである。

そこで地方新聞の記者が監督に感想を求めたところ、監督はすぐ話しはじめた。

「どうもこの頃の少年には精神力というものが欠けておるんですなあ。野球技術には長じていても、いざとなると怖気《おじけ》づいて、普段の実力が出せないんです。これは甘やかされて育っているせいでしょう。とにかく親が甘いですからね、耐え難きを耐えるということが出来ないんですな。親ばかりでない、学校の教師に厳しさがありません。ものわかりのいい教師、人気のある教師になりたがっている。家で甘やかされ、学校でまた甘やかされている。だから、一監督がひとりで躍起になってもダメなんです。その上、マスコミがいけません。まだ海のものとも山のものともわからぬうちから新聞などで囃《はや》し立てるでしょう。だから気持がうわついて、地道に努力しようという気がなくなって行く。それに今の少年はとにかく体力が弱いですよ。すぐ病気になったり怪我《けが》をしたりしますからね。そもそも骨格の出来に問題がありますね。骨がモロいですな。これは有害食品を食べて育ったためもありましょうし、また母親の胎内にいた時の栄養補給に問題があるかもしれません。だいたい、この頃は母親自身が未熟ですから、栄養剤やクスリに頼って自分の偏食は直そうとしない。若い女があんなにスタイルばっかり考えて痩《や》せよう痩せようとしていたら、いい子を産めるわけがありませんよ。そして医師がまた、基本的な指導をしようとせず、何かというと投薬して儲《もう》けることばかり考えています。医師が製薬会社の手先になっている現状からは、真の健康体は生れませんよ。だいたい厚生省は何をやっておるのかといいたい。厚生省の役人に気骨のあるのがいないからこういうことになって行くんですな。実際、公務員というのは目先のことだけしか考えられない手合いなんです。想像力というのがなぜか欠如しておるんですな。広く将来への展望というものがない。今の政治がそうです。将来への想像、展望がないから行き詰るんですよ」

とその演説は留《とど》まるところを知らず、新聞記者はとてもメモを取ることが出来ない。ヤケクソで一行、書いた。

「N高校が勝てなかった原因は政治の貧困にあり」

「敗軍の将は以て勇を言うべからず、亡国の大夫は以て存を図るべからず。今、臣は敗亡の虜なり、何ぞ大事を権《はか》るに足らんや」

漢の韓信《かんしん》が趙《ちょう》の国に進撃してそれを破った時、捕われた軍略家、広武君李左車《こうぶくんりさしゃ》という人が韓信に向っていった言葉がこれである。「敗軍の将は兵を語らず」という言葉はここから出た。戦いに敗れた者は負けた原因についてペチャクチャ人のせいにしてしゃべるものでない、黙して敗戦を受け止めるべきだという意味である。

前出の新聞記者は監督の汲《く》めども尽きせぬ敗戦の弁を聞いて、はからずもこの言葉を思い出しつつ、今度は野球部員に感想を聞きに行った。

すると彼らはいった。

「だって監督の策戦がおかしいんだもんネ」

「敬遠するつもりをしていたのに、打たせろというサインなんだもんね。いう通りにしたら、ショートフライを落しちまって……あれが致命傷スよ」

「ピッチャー交替の時がまたおかしいんだよネ」

「ぼくはまだイケると思ってたんだけどね、四球二つ出しただけで替えられちゃったもんネ……あれが敗因じゃないスか？」

「とにかく、監督はすぐカーッとなるんで、やりにくいんスよ」

「ミスするとわめき散らすしネ」

「あの人、度量がないってのかなあ……つまり、人間が大きくないんだよネ、すぐアタマにくる、やりにくいよねェ、オレたち」

「五回の表でワンダウン一、三ルイ、あの時に四番のAに打たせないでスクイズさせるんだもんネ、しかもサインを見破られちまってさ……どうしようもないよ」

　つまりこの頃は、敗軍の将は兵を語り、兵またに大いに将を語るのである。

ある会社が倒産寸前という事態になった。

社長はその原因を社員を厚遇し過ぎたせいだとして、我が社は組合につぶされる、といえば、社員は社長のワンマン頑固を責め、重役の無能を批判した。重役は重役で社員の怠惰を怒り、社長のワンマンぶりの背後に糸を引いている社長夫人の権力を非難した。社長はムコ養子で、社長夫人は六歳年上であることにまで言及して批判したのである。

するると社長夫人は経理部長の使い込みをあばき、返す刀で営業部長の業者との裏取引を喝破《かっぱ》した。経理部長は女好きで、浮気沙汰の絶え間がない。従って夫婦仲は甚しく悪く、妻はヒステリイを浪費によってまぎらせている。経理部長はそのため、常に金に追われていたのだ。

いやはや、将は兵を語り、兵は将を語りして、もはや将も兵も区別なし。そのうちに銀行の貸付係及び支店長への攻撃となり、世の中のせい、政治のせい、ひいては三十五年前の敗戦にまで遡《さかのぼ》って、人心の荒廃をあげつらい、これも政治家に口クでもないのが揃《そろ》っているためだが、それを選んだ国民に責任がある、ということになって行き、将兵、こもごもあれを語りこれを語る。そうして会社は倒産した。

今の世の中、何でもかでも人のせいにする。子供が学校の早朝マラソンで倒れて死んだのは、教師のせいであると親が告訴すれば、教師は学校長の命令でしたことだと校長を告訴する。校長は何を告訴すればよいのかわからない。自分をかくのごとき苦境に陥れたのは、あの虚弱な子供のせいであるから、子供を告訴したいが、それはもう死んでしまっているので、そんな虚弱児を作った親を告訴しようかと考えている。しかし、考えてみれば、何でもかでも非を人のせいにし、一人一人が己の不幸（あるいは失敗）をしっかり受け止めて、それを乗り越えて行こうとする姿勢を失ってしまったこんな世の中を作ったのは誰か……政治家である……と又しても政治家が引き合いに出される。

こう何でもかでも政治家のせいにされては、政治家もたまったものではなかろう。さて政治家はこういう事態をいったい誰のせいにするだろう？　と思って改めて眺めたが、政治家は沈黙しておられる。

さすが政治家、敗軍の将は兵を語らず、という信条を持っておられるのかと訊《き》けば、

「いや、それどころじゃない。イロイロ忙しい」

収賄のモミ消し、はたまた次の選挙のことなど考えれば、兵など語っていられないのだそうである。

粉糠《こぬか》三合あっても婿に行く

私の娘はひとり娘である。

「おムコさんをお貰《もら》いにならなければなりませんわね」

という人がいて、私はしばしばびっくりさせられる。何という常識のないことをいう人か。

「ムコ養子？　そんなの来るわけがないじゃありませんか」

私は直ちにいう。謙遜《けんそん》ではない。心からの言葉である。私の家なんか絶えたところでどうということはない家だ。ヨメの貰い手さえあるかどうか心配なのに、ムコ養子のことなんか頭に浮かんだこともない。

娘は二十歳になるが、どだい、むすめという言葉が泣くようなシロモノである。高校の時、チグサちゃんというお友達とボーリングへ行ったら、チグサちゃんは知り合いのおばさんにいわれた。

「今日はボーイフレンドと一緒なの？」

大学へ行くようになって、ヨコという親友とお祭に出かけたら、翌日、ヨコがボーイフレンドにヤキモチを嫉《や》かれた。

「昨日見かけたあのオトコは誰だ？」

そういう娘なのである。その上に、宵っぱりの朝寝坊、ウォークマンとかいうもので耳を塞《ふさ》いで、脚を抱えて一日中でも坐《すわ》っている。怒鳴ってもわめいても、ウォークマンで耳を塞いでいるから、ビクともしない。怠け者の上に無能である。

そんな娘でも、親が大金持であれば金に目が眩《くら》んで近づく男もいるであろうが、眩むような金はない。

せめて母親がわかりのいい人間で、人の気持をよく汲《く》み、謙遜で優しく、働き者、男を立てて機嫌をとる、というタイプであれば娘の欠点もカバー出来るだろうが、これが自分でいうのもおかしいが、天下のうるさ型、男を男と思わず、何かというと罵倒《ばとう》し、女は男よりエライと思っている。おとなしくしていればいるで、「この意気地なし！」と罵《ののし》り、抵抗すればするで、「甲斐性《かいしょう》なしのくせに生意気な！」と怒り、興奮性の上に説教癖。それが説教なんてものではなく、大演説となり、傾聴しなければ怒号する。

「でもねえ、こちらはお父さまがいらっしゃらないから、おムコさんはラクですよ」

ここまでいっているのにまだしつこくいう人がいて、私は呆《あき》れるというより、そのわかりの悪さに腹さえ立ってくる。

「つまりね、父なる人がいないために、この母親はますますはりきり、のさばるんですよ。父親の分も務めなければならない、という使命感に燃えているものですからね」

私は力をこめて反証し、

「そんな家へ、どうしておムコさんが来るんですか……」

それくらいのことがなぜわからない！　おざなりはやめろ、もっと現実的に現実を見てものをいってもらいたい、と力説する。

ところがである。

「現実的にものごとを見るからこそ、おムコさんは来ると、私はそう申し上げるのです」

と相手の人は抵抗した。

「いいですか。この頃は〝家つき、カーつき、ババつき〟というんでございますよ。

ババヌキではございません。ババつきでございますよ」
その人も私に負けじと力をこめて説明をはじめた。
なぜ〝ババつき〟がいいか？
ババに子守をさせられるからだという。
留守番もさせられるからだという。
客を招《よ》んでマージャンを楽しむときなど、
「おばあちゃま、お願い……」
といってババにお茶を淹れさせる。
茶菓子を買いに行かせる。
電話にも出す。
玄関のチャイムが鳴ると、
「おばあちゃま、お願い。今日は私は留守よ」

と居留守が使えるのは、ババがいるおかげだ。

そば屋が昨日の勘定を取りに来る。

「おばあちゃま、お願い。ちょっと立て替えておいて下さいな」

そして翌日は忘れている。忘れたフリをしてごまかしてしまう。年寄りは忘れっぽいからそれが出来るのだ。

だからババつきに限るのだという。

「おムコさんの場合も同じでございますよ」

とその人はいった。

粉糠《こぬか》三合あったらムコに行くな。よくよくのことがない限り、ムコ入りなんかするものではない、と昔はいったものである。

男の面目、男の誇り、男の権威、そういうもので固まっていた昔の男は、父祖から受けた姓を変えるだけでも男の誇りが許さん、などと思い決めたものだ。おまけにムコ養子をとる家はたいてい金持の一人娘であるから、チヤホヤされて育っている。親は親で金持であることをハナにかけてでかい顔をするであろう。我儘《わがまま》娘にえばりやの親のいるところへ入るのは金のためだろう、あのイクジナシめが、と世間は嗤《わら》うであろう。それでは男の面目が立たぬ。男と生れたからには徒手空拳《としゅくうけん》、己の力だけで家名を上げてみせるぞ、と力がなくても一応はそういわねばならぬ、それが男の辛《つら》さであったのだ。

ところが今はそんなものは、粉糠よりも軽くどこかへ吹き飛んで行った。

——何でもいい、ラクに暮そう……

そうなった。

ラクに暮せるのなら、苗字《みょうじ》も変えましょう、娘の不器量、不行儀、無能、ぐうたら、何でも辛抱してしまう。なに母親がうるさい？　大丈夫。どこ吹く風と横を向いていれば、そのうち治《おさ》まるでしょう。颱風《たいふう》だって雷だって、永久につづくというものではない。エネルギーが尽きればすべて治まるのです……

「そういう男性が増えて来ているんでございますよ」

相手の人はいった。

「おかしいわね、そんな辛抱して、いったいどこにメリットがあるんです？」

「ですからね。頼もしいんでございますよ。頼れるんでございますよ」

「頼れる？　頼もしい……」

「小さいことで申せば、町内の厄介ごと、押売りの断りから借金とりの撃退、泥棒、強盗とだんだん大きくなって、火事地震にいたるまで、いろいろの災難、面倒がございますわね。そんな時、気丈の姑《しゅうとめ》さんがいらっしゃれば、みんな委《まか》せておけるじゃございませんか……」

「………」

「それに嫁と姑の間に挟まって、出しゃばらずに小さくなっていればそれでよろしいんですから」

「それでは男らしさを捨てるということですね」

「そうそう。それがらくでいいんです。妻子のためにムリして頑張らなくていいってことですからね。おとなしくて、よく気がついて、我慢強い青年が増えてますから、心配はいりません」

それはついこの間まではお嫁サンを求める際の条件だったのではなかったのか！

さわらぬ神にたたりあり

電車の中でタバコを吸っている男に注意をしたら、逆にからまれて無理やり引きずり降ろされて、フクロ叩《だた》きにあったという人のことを新聞で読んだことがある。「さわらぬ神にたたりなしという昔からの諺《ことわざ》は、まことにその通りであると思いました」

とその気の毒な勇者は感想を述べておられた。

物騒なことがつづいたというので申し合せて防犯ベルを取りつけた町内がある。ある夜、一軒の家からけたたましいベルの音が鳴り響いた。

「それっ！」

というので近所の人たちが駈《か》けつけた……かと思いきや、「それっ！」とばかりに雨戸を固く閉ざし、一一〇番するのも忘れて玄関の錠《じょう》を下ろしてどの家も息を殺していた。

一方、強盗に入られた家では、防犯ベルを鳴らしたので、今に近所の人が駈けつけて来るか、パトカーが走って来るかと縛り上げられながら待っている。しかし近所は寂《せき》として声なく、いつも聞えてくる隣家のテレビの音も鎮まり、静寂の中で賊は悠々と金を巻き上げ、鍋《なべ》の中の鯖《さば》の味噌煮《みそに》で飯まで食って帰って行った。

「泥棒に金を巻き上げられたことも腹が立つが、それよりも防犯ベルが何の役にも立たず、ただ近所の人にとっての警戒警報の役目をしただけであったことが口惜《くや》しくも腹立たしい。ああ、人心地に墜《お》ちました」

と被害者が歎《なげ》くのを聞いた警察官はこういった。

「さわらぬ神にたたりなしというからね、近所の人のキモチも、ま、わかってあげて下さいよ」

そして更に警察官はこういった。

「強盗が入った場合は、興奮して騒いだりさからったりしないで、おとなしく、従順にした方がいいですよ。もし何なら、五万円くらい用意しておいてね、強盗が入ったときは渡すようにした方が無事です」

時代モノの映画を見ていると、胴巻の僅《わず》かな金を悪者に奪われかけて死にものぐるいで取り縋《すが》り、

「エイ！　うるせえ！」

足蹴《あしげ》にされてのけ反ったところを、袈裟《けさ》がけに斬《き》られ、

「おとっつぁん！」

娘が縋ってヨヨと泣く。それを見て正義感に燃える美丈夫が、賊を追って娘の仇《あだ》討《う》ちを助ける――なんて場面が出て来るが、これも、今なら、

「僅かばかりの金、おとなしくやってしまった方が利口スよ。命あってのモノダネというからね。さわらぬ神にたたりなしだ」

ということになるので、もはや仇討ち物語は作れない。しかし、いくらそういわれても、胴巻にかじりつかずにはいられない経済事情というものがある。さわらぬ神にたたりなしということはよくわかっているが、さわらずにはいられない。さわらなければ明日のご飯が食べられない。病気のばあさんの薬も買えない。命あってのモノダネ、なんていっている場合じゃないのだ。その頃は胴巻、即、命なのであった。

日本国民の七〇パーセントだかが中流意識を持っているという現代では、強盗用に金を用意しておくことも出来るのである。「さわらぬ神にたたりなし」を実践し

易い世の中になった。

「なに！　女房が賊に強姦《ごうかん》されているというのに、亭主は隣の部屋で慄《ふる》えておったというのか！　それでも男か！　恥を知れ！」

などといって憤激する人は一人もいなくなった。

「相手が武器を持ってたんじゃ、どうしようもないわな」

と同情してもらえるのである。

「川で子供が溺《おぼ》れかけているのを見て、飛びこんでね、それで死んじまったんだってさ」

「死んだ？　バカな奴《やつ》だな、たいして泳げもしないくせに、飛びこんだりするからだよ」

と勇者は嘲笑《ちょうしょう》される。

かかわりさえしなければ災いを受けることはない。下手に手を出すよりは知らぬ顔をしていた方がとくだ――今は皆がそう思って身を守っている。

行き暮れている小娘を憐れんで泊めてやったら、金を持ち逃げされた。酔っ払いを介抱して家へ連れて行ってやったら、その家のおかみさんにけんつくを喰《く》わされた。女に声をかけられて、つい、ついて行ったばかりにツツモタセにひっかかった。アパートの隣室で時ならぬ叫び声、すわこそと走り出て戸を打ち鳴らし、

「大丈夫ですかッ、何ごとですッ！」

と叫べば寝《ね》みだれ姿の女が細帯しめながら仏頂面をつき出して、

「何でもありませんよッ！」

その翌日から口もきいてもらえなくなった。等々。人それぞれによけいなことをして災いを受けていることが少なくないのである。

ところで、あるマジメ学生が学校の寮を出て素人下宿屋に部屋を借りた。下宿屋

の奥さんは親切ないい人である。食事のおかずはたっぷり、洗濯物にアイロンをかけてくれるし、お茶に呼んでくれたり、ビールをご馳走《ちそう》してくれることもよくある。

マジメ学生といえども青春の血潮はたぎっている。奥さんのこれ見よがしな湯上りの寝巻姿が何をイミするものであるかぐらい、彼にはわかっている。

しかし、「さわらぬ神にたたりなし」である。賢く生きようと心がけている彼は、見て見ぬふりをした。そのうちに奥さんはよく腹痛を起すようになった。普段、親切にしてもらっているので、マジメ学生としてもマジメに看病してあげようという気になる。

「すみませんねえ、A吉さん、わるいけど、ここんとこぐっと押してくれない」

「ここですか？　ここ？」

「そう、もう少し下……もう少し下……もう少し……」

奥さんは手をだんだん下の方へ下げて行くことを命じるのである。

マジメ学生は汗びっしょり、心臓とどろかせつつ、おまじないのように、

「さわらぬ神にたたりなし……さわらぬ神にたたりなし……」

くり返し呟《つぶや》いて己を戒める。

そのうちに奥さんの腹痛は起らなくなった。それから毎朝の食膳《しょくぜん》についていた生卵も姿を消した。一汁三菜の献立は一汁一菜にツクダ煮という有様となり、洗濯物はアイロンをかけるどころか、雨が降っても濡《ぬ》れるまま、そのうちに近所の奥さんたちが何となくA吉さんを白眼視するようになって来た。

奥さんはA吉さんの悪口を近所にいいふらしているのである。A吉さんには故郷に残して来た婚約者がいる。その婚約者のイトコがたまたま上京してA吉さんを訪ねて来た。下宿の奥さんはA吉さんの留守にここぞとばかりにA吉さんの悪口をいいまくり、イトコは帰郷してその悪口を婚約者に伝えたので、婚約者はA吉さんに失望して他の男の愛を受け入れてしまった。

「さわらぬ神にたたりなしとは決して真理ではありません。さわらぬ神にたたりありとぼくはいいたいです」

とマジメ学生のA吉さんはつくづく述懐したそうである。

かくのごとく世の中というものは難しい。

ところである芸能人がいうに、

「さわらぬカミにたたりあり、ということを知っていますか？　さわりも近寄りもしないのに、いきなり災いをふりかける」

「そりゃ何ですか」

と訊《き》くと、

「週刊誌」

愛子の旅の手帖

アドヴァイス

去年、五十五歳にして生れてはじめての海外旅行をした。旅程はタイ・インド・エジプト・ギリシャ・イタリア、という順序で最後はロンドンから帰途につく。生れてはじめてであるから、友人が心配していろいろアドヴァイスしてくれた。

イタリアについての北杜夫《きたもりお》さんのアドヴァイスはこうである。

一、タクシーが来てもパッと乗ってはいけない。タクシーのメーターが動かないことが多いので、料金を決めてから乗らなければいけない。それをしないと倍くらい取られて、あなたはカンカンになりますぞ。

二、イタリアはものすごいインフレでちょっと買物をしただけで、すぐ何十万リラという額になるけれど、日本円に換算するとたいした額ではないので、カッと腹を立てて脳溢血《のういっけつ》になられては困ります。

三、料理の分量が多いので、沢山《たくさん》注文してはいけない。あなたは食べきれず、しかし残すともったいないと思ってムリに食べるであろうから、お腹をこわします。

四、空港のトイレに入るとバアさんがいて、チップを要求するが、敢然と「アイハブ　ノー　マネー」といいなさい。お盆の上にこれ見よがしに金が置いてあるが、それは見せ金であるから、与えるとしたらホンのチョットでよい。

北さんのアドヴァイスは専《もっぱ》ら金に関することが多いのである。丁度外国へ行き馴れている夫婦に会ったので、

「トイレのチップは渡す必要ないんですってね。アイ　ハブ　ノー　マネー　っていえばいいいんですってね」

というと、その人は目を丸くして答えた。

「そんなことといったら、トイレに入れませんよ！」

「北さんは本当にそういってトイレに入ったんですかねえ！」

夫婦して顔を見合せて驚き、かつ感心していた。

その夫婦はロンドンについてこんなアドヴァイスをしてくれた。
一、ロンドン空港には泥棒がいっぱいいますから、カウンターで手続をするときなどはバッグは股《また》に挟んでいるのがよい。
二、ショルダーバッグを肩に掛けて歩く時は、車道側の肩に掛けないこと。自転車でやって来てかっ払われます。
三、子供のかっ払いも多いので、子供だからといって油断してはいけません。
四、パスポートを盗《と》られた場合の用心として、パスポートをゼロックスにとっておくと便利ですし、また小切手のナンバーを控えておくことも必要です。

五、イタリアでは、お風呂に入る時でも、貴重品を部屋に置かず、バスルームに持って入ったほうがいいといいますよ。

と、こっちの方は専ら泥棒の話ばかりである。

そこへB社の編集部のMさんが来て、また新たな注意をしてくれた。

一、カイロには乞食《こじき》がウヨウヨしている。金をねだるので仕方なく与えると、受け取ってから一目散に走って別の道から現れ、また要求する。さっきやったじゃないか、というと、あれはフタゴの弟だといったという話がありますから気をおつけ下さい。

あまりしつこい時は、十ドル紙幣を四、五枚ポケットに入れておき、金をねだられたらパッと撒《ま》いて、拾っている間に逃げればよいのです。

十ドルと百ドルと、紙幣の大きさが同じですから、テキは見間違うのです、ということだが、老眼の私の方も見間違う心配があるのだ。

出発が近づくにつれて、アドヴァイスは増えて行く。

「インドで部屋にコニャックの瓶を置いてたんだけどね、外出して帰って来たら、減っておるんだ。ボーイを呼んで文句をいって、瓶にコッソリマジックで印をつけておいてだな、翌日見たら、増えておったよ」

といったのは遠藤周作《えんどうしゅうさく》さんである。

どうしてこう、泥棒とか乞食とかチップとかの話ばかり多いのだろう。

「アメリカではホテルのボーイの古服を買って、それを着て部屋をノックする奴《やつ》がいるんです。ドアを開けると、『金を出せ！』とくる……」

とウソかマコトかついに強盗まで登場した。

私は生来の不精者、その上に案外小心なところがあり、またその上に我儘《わがまま》、憤怒癖、貧乏性、語学痴《ち》、金勘定がわからない、方角痴、もったいない病など、実に厄介な持病、障害を沢山持っている人間である。

だから外国旅行はなかなかする気にならなかったのだが、漸《ようや》く気持を変えて行く気になったのだ。それを皆でよってたかって潰《つぶ》そうとしているとしか思えない。

一人ぐらいいいことをいってくれる人はいないものかと、川上宗薫《かわかみそうくん》さんに電話をかけた。

「ねえ川上さん、タイからインド、エジプトを通って、イタリアへ行くんだけど、あなた行ったときどうだった？」

「うーん、そうだなあ……」

川上さんは少し考えた後でいった。

「タイはよくないね。ダメだ」

「ダメ？　インドは？」

「インド、エジプトはオレは知らないんだけど、イタリアへ行く？　イタリアもよくない。大きすぎる」

「何よ、大きすぎるって」

「フランスもダメだ。とにかく日本が一番いいよ。ヨーロッパは大味っていうのかなあ、どうもオレは好かない」

「料理の話？　イタリアは分量が多いんですってね」

「いや、女の話だよ」

「なんですって！」

私は呆《あき》れた。

「そんなこと、私が聞いたってしようがないじゃないの、そんなことじゃなくて、どんなところが面白かったとか……」

川上さんは私の言葉を遮《さえぎ》っていった。

「そんなことオレに訊《き》いたってしようがないよ。ほかの人に訊いてくれよ」

私がすっかり行く気をなくしていると、たまたまやって来た人が「私はインドで実に正直なメイドに出会いました」と話してくれた。

「男の一人旅ですから、下着を自分で洗ったりするのは面倒くさいと思いましてね。安モノのパンツを買い込んで行って穿《は》き捨てにするつもりだったんです。ところが屑籠《くずかご》に捨てておくと、きちんとたたんで置いてあるんですね。捨ててもダメなんです。いやあ、アレにはマイりました。苦労しましたよ、捨てるのに」

泥棒も困るが、正直すぎてもまた苦労があるものだ。

さまざまなアドヴァイスのメモを抱えて私は出発した。そうしてバンコックからロンドンまで二十三日間の旅をした。

友人たちのアドヴァイスは手帖《てちょう》の七、八頁《ページ》にも及んでいる。飛行機の中などで私はときどきそれを取り出して読んだ。

なに？　アドヴァイスは役に立ったかって？

実際には何の役にも立たなかったけれど、ただ異国の旅の無聊《ぶりょう》が、このおかしなアドヴァイスで慰められたことだけは確かである。

「大胆」について

外国旅行をすると、常にフトコロ具合と相談しながら金を使わなければならないのが厄介である。足りなくなったから家へ取りに帰る、というわけには行かない。友達に電話して借りることも出来ない。

それで私は外国に行くとケチになる。しかし私と一緒に外国へ行った人は、私のことを気前のいい人間だと皆思っているようだ。それというのも私は金勘定が全くわからないという生活人としての欠陥を持っており、わからないために内心クヨクヨ、ケチつきながら無駄な金を使っているからである。

「バンコックのタクシーはメーター制ではありませんからね、必ず先方のいい値を値切りなさいよ。向うのいう値段で乗ったらダメですよ」

懇々といわれてバンコックへ行った。タクシーを止めて行き先を告げた。黒い丸顔にカビのように白髪の不精ヒゲを点々とさせている運転手が値段をいった。

——ここだ！　ここで値切るのだ！

と胸の中でいう声がするが、さて、いくら値切ればいいのかわからない。二割とか三割とか聞いていたが、とっさにその計算が出来ないのである。

それでも懸命に計算しようとして、運チャンの顔をじーっと見つめた。小学生の頃《ころ》、算数の時間に先生から指名されて、じーっと先生の顔を睨《にら》んで答を出そうとした、あの時の癖がはからずもタイのバンコックで出たのである。

しかしその時もそうであったように、ここでもやはり答は出なかった。じーっと睨んでいると、人のよさそうな運チャンはだんだん怯《おび》えた顔になって行く。仕方な

く、

「オッケイ！」

肯《うなず》いて車に乗った。どうせわからないのだから、はじめから計算などしようとしない方がいいのだ。ホテルに帰って同行者に、

「タクシーに乗ったわ」

「どうだった？　値切りましたか？」

「ううん、面倒だから値切らなかった」

「さすがァ、気が大きいねえ！」

と感心されたが、一人になってからああ損をした、とクヨクヨ、胸が痛んでいる。

チップの問題もまた厄介だ。日本と違っていちいちチップを渡さなければならないんだから、必ず小銭を用意しておきなさいよ、とくれぐれもいわれていた。

タクシー、ポーター、レストランのウエイター、洗面所、ホテルのルームメイド、

ルームサービス、クローク、バーのカウンター……

聞いただけでうんざりする。また国によって通貨が違うから、六か国も廻《まわ》っているとと旅を重ねるにつれてやれバーツだ、ルピーだ、リラだ、ドラクマだとうるさい。「ルームメイドのチップは、ま、日本円で百円見当、枕の下へ入れておけばいいでしょう」と簡単にいうが、その百円見当というやつが、いったい、何バーツ、何ルピー、何リラ、何ドラクマだかわからないのである。そこで同行者は、新しい国へ着くたびに、

ホテルのポーターとメイド——一回につき十ドラクマ

ルームサービス——十五ドラクマ

洗面所——五ドラクマ

などとメモした紙切を渡してくれるのだが、コインにはいろいろな種類があって、どれが五ドラクマでどれが十だかわからない。よく見れば数字が書いてあるにちが

いないのだが、それを見るには老眼鏡を取り出して眺めなければならない。老眼鏡をかけて、コインの一つ一つをマジマジ眺めてから渡すというのも、何となくコインと別れを惜しんでいるようでケチくさい。そこでいい加減に大きさを見て、頃合《ころあい》と思われるものをさし出す。

「いやあ、鷹揚《おうよう》なもんですねえ……」

と人はまた感心するが、後でそれが二十ドラクマだったとわかってひそかに胸がつぶれるのである。

「要するに大きいコインを一つでいいんですね？」

とか、

「中くらいのを一つに小さいのを一つね」

と、ついにはコインの大きさに頼るようになって幼稚園児ナミとなる。

チップの習慣のない日本のボーイさんは、チップを貰《もら》おうとしていつまでものもの欲しげにつっ立っているなんて面目にかかわる、といった雰囲気があって、用がすむとさっさと立ち去る。あるいはさっさと立ち去る格好をしてみせる。だから小銭のない時は、そのままそ知らぬ顔をしていれば、自然に解決出来るのだ。

しかし外国人にはそういう面目の持ち合せはないらしく、従ってそのような細かな芸はやらない。実に単純直截《ちょくせつ》だ。手をさし出さんばかりにまン前につっ立って、いつまでもジイーッと待っているのが困るのである。

あっちのポケット、こっちのハンドバッグを探ってあいにく小銭がない、という様子をしてみせてもジイーッと立っている。仕方なく紙入れから紙幣を出して渡す。勿論《もちろん》、この時は渡す時から胸つぶれている。

チップのお釣り制というものはないのか、そんなことを真剣に思ったりする。

そのうちに、チップを受け取った相手がキュッと片目をつむってみせた時は、どうやら額が多すぎたらしいと察するようになった。彼は感謝、喜びをウインクによって表現するのである。

それに気がついてからは、相手がウインクをすると、「しまった！」と思うようになった。しかしウインクをして浮かれ気分の相手に向って、むっとした顔を見せるのは気の毒である。いや、浅ましすぎる。だから「あなたが喜んでくれて私も満足ですわ」という表情を作って、ニイと笑って肯いてみせるが、胸の中は口惜しさいっぱい。

要するに私は人一倍ケチなのである。ケチだが金勘定がわからないのでヤケクソになる。「ヤケクソ」と「大胆《だいたん》」の差は紙一重である。

イタリアのフローレンスで私は紙入れをホテルのナイトテーブルの上に忘れて外出してしまった。イタリアは有名な「泥棒国」だと聞かされている。今頃はルームメイドが部屋の掃除に来ている頃だろう。

「こりゃ、もうあかん！」

と諦《あきら》めたが、一応タクシーを飛ばしてホテルへ戻った。エレベーターを出ると部屋の前を歩いているメイドと会った。メイドはニコニコ顔で通り過ぎて行ったが、私は「もうダメ！」

さすがに笑い返す気もしない。紙入れには殆《ほとん》ど全財産が入っている。同行者と一緒に部屋に飛び込んだ。

「あった！」

と叫んだ。紙入れはちゃんとナイトテーブルの上にある。

「よかったですねえ。中を改めてごらんなさいよ」

といわれて中を見た。

「ありますか？」

「あります」

「よかった！」

と同行者は狂喜したが、私の胸は晴れなかった。紙入れは何となく前より軽くなったような気がする。しかしいったい紙幣がいくら入っていたのか、その勘定がわからなくなっているので、疑惑と鬱屈《うっくつ》を抱えたまま、ただ微笑して狂喜している同行者を見ているしかなかったのである。

難行苦行

「佐藤さんは国内の旅行も多いし、外国へも行ってらっしゃいますから、方々のおいしいものをよく知っていらっしゃるでしょう」

とよくいわれるが、そのたびに私は返答に困る。旅先でこれはうまいと感嘆し、その料理名や料理店を忘れずにいて、もう一度食べたくなる、というような経験は私には全くないのである。

「うまい」と思ったことはあるが、すぐに忘れてしまうのは、それほどうまいものに関心がないからだ。

食べものの好き嫌いをするなとやかましくいわれて育ったわけではない。しかし、あれまずい、これうまい、これでなくてはいやだなどというやつは人間のクズである。という意見を持っている父親の影響を受けている。

「これはキライだから食べられない」

というのはいいが、

「これはまずいから食べない」

といってはならぬのである。

だからたいていのものは（クジラと豚牛の臓物以外は）残さずに食べる。

「去年イタリアへ行って来ました」

というと、

「イタリアは食べものがおいしいのでよかったでしょう？　あすこは全くうまいものがありますよ、ねえ」

と感極まったようにいう人がいて、私は返事に困った。その人は有名な実業家でおカネモチである。おカネモチであるから、感極まるようなおいしい料理をいろいろ食べられたのであろう。しかし私はおカネモチではない。その上にイタリア語なんて、「グラッチェ」しか知らない。メニューを見ても何がどううまいのかさっぱりわからないのである。だからどこへ行ってもローストビーフばかり食べていた。フローレンスでもローストビーフ、ベネチアでもローストビーフ、イギリスへ飛んでロンドンでもローストビーフ。

相手のおカネモチは仕方なく、

「どこのローストビーフが一番おいしいですか?」

とお聞きになる。

「ローストビーフはどこも同じようなものです」

愛想のない答え方だと思いながら答えた。そういうほかにどんないいかたがあるだろう？　どこでどんな味のローストビーフを食べたか、そんなこと、いちいち憶《おぼ》えてなんかいないです。ローストビーフみたいなもん、どうでもエエやないですか、と本当はいいたいところだ。

私は食物の話題がニガテである。どこそこの何とかがとーってもおいしかった、アレはほんとにおいしいですよォ、と力をこめてくり返しいわれても、

「そうですか、はーん」

と答える以外に答えようを知らぬのである。

「へーえ、その店はどこですか？　名前は？」

などとすぐ手帳を取り出して書き込む人、

「ああれはね、ワインで半日、煮込んであるんですよ。贅沢《ぜいたく》なもんですよね」

と蘊蓄《うんちく》を傾ける人などがいて、話題は進展し、今度はワインについての蘊蓄の傾けっことなる。その間、私はボヤーッと座っている。ワインの名前など、何度聞い

てもすぐ忘れてしまうので、話の仲間に入れない。

——ワインみたいなものにウキミをやっしていていいのか！　そんなことより日本の将来とか、世界の政治情勢についてを論じてみたらどうなのだ……と心に叫んだりするのも劣等感ゆえで、もし世界情勢についての話題になっても、

「カーターはもうちょっとしっかりしてほしいですわネ」

ぐらいしかいえないのである。


この春、スペインへ行った。

スペインは魚がおいしいですよ、と何人もの人にいわれて行ったが、特別においしいとは思わなかった。日本の魚の微妙繊細な味に較《くら》べたら、地中海の魚は、「大男、総身に智恵《ちえ》がまわりかね」という味だ。バルセロナの海辺の大衆料理店で生ガキとアサリをレモンで食べたのだけはうまいと思ったが。

何よりも閉口したのは、どこへ行っても分量の多いことである。スープは皿から溢《あふ》れんばかりに入っていて、飲んでも飲んでも少しも減って行かない。

「うーん、これは……魔法のスープですね」

唸《うな》りながら飲んだが、ついに、飲み切れずに残す。すると皿を下げに来たウエイトレスは気にして「おいしくなかったのか？」と訊《き》くのである。

いや、分量が多すぎるのだ、というと妙な顔をして下げて行った。

だんだん食事をするのが苦行になって来た。

昼食をぬいても、やっぱり食べきれない。

あるレストランで、舌ビラメを注文した。舌ビラメは身が薄いから、これなら大丈夫でしょうといい合って待つ。そこへ鉄板を乗せたワゴンがやって来た。見ると鉄板の上に舌ビラメがずらーッと並んでいる。どうしてこんなに並んでいるのか、隣のテーブルの人の分も入っているのかと眺めていると、ウエイターはおもむろに私の皿に舌ビラメを入れた。一匹入れ、また一匹入れる。

「わーッ、もういい！　一匹で結構！」

思わず絶叫したのはその舌ビラメも大男総身に智恵が何とやらの大きさなのだ。

「一匹でいいっていって下さいよ、一匹でいいって……」

必死の私の頼みに、同行者がスペイン語で何かいったが、ウエイターはとり合わない。スペイン語の意味が不明瞭《ふめいりょう》なのか、ウエイターが頑固なのか、私にはわからないのが情けない。

「仕方ない、残しましょう。なにもムリして全部食べることはないですよ！」

同行者は覚悟を決めたように皿に向う。飯を食うのに覚悟を決めなければならないという大変さである。私はもう舌ビラメを見ただけで胸がいっぱいになっている。

その上に野菜がワンサとついているのだ。

私はやっと一匹食べた。ヒラメの前にスープを半分飲んでいる。半分飲んだだけで胃の中は動くとザブンザブンと波立って、スープが口から溢れ出て来そうになっていたのだ。そこへ大男の舌ビラメが入った。これ以上食べたらひっくり返って死んでしまうだろう。

「私は残すから、そちらさん、がんばって下さいよ」

同行の男性二人に期待をかけた。さっきスープを残したときに不機嫌だった（ように見えた）ドングリマナコのウエイターは柱のかげからこちらを監視している。

「見てるわよ、がんばって」

男二人、応《いら》えもせず必死で食べている。しかし二人ともついに力尽きた。

「残すんですか！　ホントにもうダメ？」

――それでもオトコか！　と怒りたいような気持。相手も、

「すみません」

と破れたオリンピック選手みたいにうなだれて、ズボンのベルトをゆるめる。と、

柱のかげよりウエイターはおもむろに現れ、魚の残っている皿を眺め、

「サカナはキライか?」

小学校の給食で生徒の食べっぷりを見廻《みまわ》る先生みたいにいう。

「いや、キライではない。しかし我々日本人の胃袋は小さいのだ」

いいわけしながら食事をするというのも辛《つら》いものである。私はつくづく、日本のウエイターの、木石のような無表情、冷淡さが懐かしかった。

日本人の顔

別れた亭主と街で出くわすのは具合が悪いものだが、外国で日本人に会うのもどうも厄介なものだといった人がいる。

別れた亭主と出会ってしまったときは、確かに具合は悪いが、プンとふくれて横を向いたとしても誰も無礼と咎《とが》めないだけ、外国で日本人と会ったときよりも始末がいいのである。プンと横を向かれた方も、愉快ではないが仕方がない、と思うであろう。そして向うも負けずにプンと顔を背《そむ》ける。二人の間のかつての愛憎、ウラミツラミが均衡を産んでくれるのである。会釈しようか、笑いかけようかなどとあれこれ思い煩《わずら》う必要はないのだ。

ではき借金とりに出会った場合はどうか。これはスタコラ逃げればいいのである。スタコラ逃げても誰もヘンな奴《やつ》だとは思わない。逃げられた方も腹を立てながら、しかし、もっともだ、と思うであろう。そこには無言の理解が成立しているのである。

外国の街で日本人に出会ったからといって、スタコラ逃げるわけにはいかないし、プンと横を向くわけにもいかない。ウラミツラミも利害関係もない間柄、親戚《しんせき》でも友達でもない、同じ日本人同士というだけでどこの何者ともわからぬ相手である。日本のどこかの町で会ったのであれば、当然気にも止めずにすれ違うのである。それがたまたま異国で出くわしたばっかりに、お互いに意識的になり、いかに対応するべきかを考えねばならぬのは億劫《おっくう》である。

日本にいれば目もくれずに通り過ぎているのだ、異国だって同じようにすればいいいのだと自分にいいきかせて、向うから日本人らしいのが来るなと気づくや、わざと真直《まっすぐ》前に視線を据えてスイスイと歩く。しかし胸にそのような理屈を積み上げているので、そのスイスイにはどうしても自然さが欠けるのである。真直前を向いているそのアゴが上り気味になったりしているのもその現れであろう、と反省している人もいて、外国を歩くということは、言語風俗の違いに緊張するばかりでなく、言語風俗の同じ者に対しても緊張が必要であることを知らされるのである。

外国の街で日本人に会って、日本人というものは実に仏頂面をしているものであることを発見した。

あの仏頂面は外国へ行ったための緊張でそうなったのであろうか。それとも元来、日本人は仏頂面の持主なのだろうか？

おそらく七分三分の割合で、後者が強いと私はショウウインドウに映った自分の顔を見て反省した。

そもそも我々は顔の造作が陰気に出来ているのだ。皮膚の色の濁りが与える印象もあるだろうが、我々のこの顔には感情を抑制することを美徳として来た歴史が沈《ちん》澱《でん》している。殊《こと》に中年以上の男性の中には、まるで自分以外の日本人がこの異国をうろうろしているのは不愉快きわまる、といわんばかりの顔があるが、これも本当はそう思っているわけではなく、おそらくはもともと「そういう顔」なのであろう。本来のその顔の上にさまざまな意識がからまっていやが上にも仏頂面になる人と、おそらくは気弱さのためなのであろう、仏頂面をやわらげて笑いかけようかどうしようかと迷いつつ、半分薄笑いを浮かべて相手の出方を窺《うかが》っているうちに相手は通り過ぎてしまい、やわらぎかけた仏頂面がへんにもの悲しげに歪《ゆが》んだままになっていたりする顔もある。

カイロの街頭で私は四、五人の日本人の家族連れらしい一行とすれ違った。当方は私と娘とカメラマンの三人である。一行はなにゆえか、我々を侮《ぶ》蔑《べつ》的な目で眺めながらすれ違って行ったが、その中の着飾った中年女が仲間にこう囁《ささや》くのが聞えた。

「いやァねえ、どこへ行っても日本人がいる……」

——そういう手前《テメエ》はなに人だ……

追いかけて行ってそう怒鳴ってやろうとして、私は娘に止められた。

「ホテルのロビーで向うからチンチクリンの短足が、すすけた黄色い顔にメガネをかけ、肩にカメラという格好でやって来る。ギョッとしてあーあ、また日本人か、とつい舌うちしてよく見たら、鏡に映っている自分の姿でした」

とある中年男性が述懐していた。

我々は同じ日本人に対してどうしてこんなにこだわるのか。あのこだわりは何でしょうと私は何人かの人に訊《たず》ねた。

「そうですなあ、あの気持は、いうならば、ソープランドで町内の顔見知りに会った時の気持――とでもいいますかなあ……」

「ソープランドで顔見知りに会った気持？　羞《はず》かしさですか？」

「羞かしさとは少しちがう、テレくささとでもいうか。間《ま》の悪さというか……」

「しかしソープランドの場合はお互いに共犯者同士、仲間意識のようなものが底辺を流れているでしょう。少しちがうような気がするな」

別の中年男が異論を挟んだ。

「田舎《いなか》から都会へ出て来た若者がやっと都会のふうに馴染んで得意がっている。ある日、カッコよく銀座を歩いていると、向うからノコノコと田舎ッぺエふうがやって来る。よく見るとこれが同じ村の青年団の仲間だった。あっ、あれは新宅のタメ吉だッ！　とギョッとする……そんな気持じゃないですか」

と話はますますむつかしくなって行く。

「日本人は西洋人の中に入ると、それまで意識しなかった劣等感が頭を擡《もた》げて来る。

見るからにカッコよく強そうな長身長脚、色白、鼻高、碧眼《へきがん》の中にひときわ目立つチンチクリン鼻ペチャとして劣等感と戦いつつ旅をしている。そこへその劣等感を抽出して絵にしたような存在が現れるので愕然《がくぜん》とし、その愕然が我にもあらずああいう表情を作らせる――そういうことですか？」

私がそう念を押すと中年男性は憮然《ぶぜん》として、

「日本人がエコノミックアニマルといわれるほど働きまくったゆえんの底を探れば、案外その劣等意識に突き当るかもしれませんな」

といった。

しかしこの頃の若者は違う。若者は「抑制の歴史」から脱出しつつある。白人の中に黄色いチンチクリンとして混っていても、なぜかさほど劣等感はないらしい。外国ですれ違う日本の若者の中には、通りすがりに会釈をして行ったり、自然に挨《あい》拶《さつ》の言葉を投げて来たりする人がいる。彼らは中年のようにこわばっていないが、その代りにいかにもむさくるしくふてぶてしい。

ローマやフローレンスで、私は日本の娘さんの大群に出会った。買物の包みを持ちきれぬほど両手に抱え、殺気立って歩いている。日本人が歩いていいようといまいと、目にも入らぬという顔つきである。仏頂面どころか目はランランと輝き、頰《ほお》は紅潮し、あっちの靴屋、こっちの鞄屋と駈《か》けめぐる。

みぞれ降るローマの街の、古いコーヒー店に坐《すわ》っていると、そんな一行がどっと入って来た。私の隣にどかどかと坐り、いきなりテーブルの上の私の皿の菓子を指さしていった。

「そのケーキ、何といって注文するんですか？」

私は呆気《あっけ》にとられて彼女の顔をつくづく眺め、ああ日本人も進歩したと感心したのであった。日本人も己を失わず、国際舞台に生きる資格を身につけたと考えてよいのであろうか？

年寄りの旅

年をとって来て一番困ることは、不潔さに耐えられなくなったことである。そのため、旅の楽しみは半減した。若い頃の旅が楽しかったのは、どんな場所でも平気で眠り、どんな食物でもうまいと思って食べることが出来たことだ。

若い頃の私の随想に「肥湯」と題した小文がある。三十歳になるかならぬ頃のことで、長野県のとある山間の鉱泉宿に一か月滞在していた時のことを書いたものだ。宿は山を下った谷間にあり、真冬のことであたりは雪に埋もれている。客といえば私一人、ときどき近郷の農家の人たちが風呂へ入りに来るだけである。渓流を見下ろす縁側に雨戸はあるらしいがついぞ立《た》てられたことがない。部屋の掃除など誰もしに来てくれないので、部屋の隅には綿埃《わたぼこり》が溜《たま》り、床の間は指で字や絵が描けるほどである。

風呂の湯は鉄サビ色をしていた。その濁った色はおそらく鉱物質が含有されているためだろうと思いつつ、毎日入っていた。ある日（その宿に来て十日も経った頃）、風呂に入ろうとしてあっと驚いた。鉄サビ色の湯が、浴槽の底が見えるほどに透き通っている。いったい何ごとかと考えているうちに気がついた。宿ではその日、久しぶりに浴槽《よくそう》の掃除をしたのである。掃除をしたら湯が透き通った。いったい何日目の掃除なのか、あのドロドロした鉄サビ色は垢《あか》の色だったのだ……。

私は呆然《ぼうぜん》としたが、そのままその宿にいつづけた。掃除をした時から日が経ち、風呂の湯は少しずつ濁って行く。やがてあの鉄サビ色を漂わせはじめ、ついにいつかのように湯につかると指先も見えぬほどに濁って行った。

その宿に滞在中、湯が透明になるのを経験したのは三度か四度だったと思う。春が近くなるまで私はそこにいつづけた。宿賃が安いということもあったが、人里離れたその谷間が気に入ったからでもある。

その頃の私には垢湯がそれほど気にならなかったのだ。

その頃は気軽に方々へ旅をした。若さというものはいいものだとつくづく思うのは、そんな貧乏旅行のことを思い出したときである。今はもう、ああいう旅は出来なくなってしまった。寝袋に入って駅で寝ている学生を見ると羨《うらや》ましいと思う。夜ふけに汽車を下り、駅裏の暗がりに出ている屋台でそばをする——そんな旅の情緒を味わいたいと思っても、「あのどんぶり鉢はどこで洗うんだろう？　バケツの水ですすぐだけではないのか？」などとすぐに頭に閃《ひらめ》いてしまう。

「垢湯の宿」にいた頃は、盛りきりのどんぶり飯におかずは冷凍イカの煮つけに決っていた。コーヒーも紅茶もケーキもクッキーもパンもない。バスに二時間乗って小さな町へ行き、ヤキ饅頭《まんじゅう》を買って来てはそれを炬燵《こたつ》の火で焼いては食べていた。電気炬燵などない頃で掘炬燵には炭火が入っている。その炭火の上に火箸《ひばし》を渡して饅頭を乗せている。後に私の夫となった男が東京からやって来て、炬燵に入っておならをした。私は怒って饅頭を炬燵の中から取り出して彼に投げつけた。このことも「垢湯の宿の屁《へ》饅頭」という題で小文にしたことがある。

この頃は旅をしても、面白いことは何もなくなった。やたらに気むつかしくなり、トイレの掃除が行き届いていないではないか、とか風呂場の汚いのはガマンならぬ、とかポットのお湯がぬるいのは怪《け》しからん、寝巻のノリが利きすぎておる、布団に安香水の匂《にお》いがついているとは何ごとか、カーテンが薄すぎる、廊下を歩くときにスリッパをパタパタ鳴らす奴《やつ》は客か、女中か、ものしらずめ、電気冷蔵庫など部屋の中に置きおって、夜中にガタン、ブーンとうるさいではないか……と文句ばかり際限なく出て来る。実に不自由だ。しかしこの不自由は他人から与えられている不自由ではなく、我が身の中から出て来た綱で我が身を縛っているのであるから文句の持って行きようがない。それが困るのだ。

ひと頃は地方講演には喜んで出かけたものだが、この頃は全く出かけなくなった。それというのも右に述べたような事情のためである。強いて頼まれると仕方なくこういう。

「この頃は年をとってだんだん気むつかしくなりましてね、気に入ったホテルでないと眠れないものですから、地方へは行けないんですよ」

「はあ、なるほど。それではよい宿がありましたらおいで願えましょうか」

「そうですねえ。よい宿といいましてもねえ……」

まさか便所の掃除は行き届いているか、廊下をパタパタ音をたてて歩く女中はいないか調べてからにして下さいとはいいかねるから、ただ途方に暮れて口ごもる。

「こちらには天皇陛下がご宿泊あそばされました旅館がございます。あそこでしたらご満足いただけるかと思いますのですが……」

そこまで懇請されると、無下に断るのも傲慢《ごうまん》だと反省して出かけた。

天皇陛下のお泊りになった部屋はなるほど立派である。十五畳ばかりの洋室に十二畳の和室がつづいている。和室には一間幅の縁側がついており、その奥に化粧室、更にその奥に脱衣室、それから浴室があるという広さだ。

「ここでございましたら、ゆっくりお休みいただけると存じますが」

と案内の人がいう。

「はい、ありがとうございます。いろいろお心遣いいただきまして恐縮です」

「ではごゆっくりお休み下さいませ」

「おやすみなさい」

まず風呂へ入ろうと脱衣室で着物を脱いだ。するとリンリンと電話のベル。慌てて長襦袢《ながじゅばん》をひっかけてドタドタ走った。電話は十五畳の洋室にあるのだ。走って行ったときは電話は切れている。時間がかかったので相手は切ったのだ。

再び風呂に入る。浴槽に身を沈めたとたん、リンリンリン。さっきかけて来た人かもしれない。遅れては申しわけなしとバスタオルをひっつかんで走った。電話は講演会の主催者からで、

「えー、先生、お部屋はいかがでございますか、お気に召しましたでしょうか」

「はい、たいへん結構です。ありがとうございました」

「お気に入っていただけて倖《しあわ》せです。何かございましたら遠慮なくお申しつけ下さい」

「ハイハイ、ありがとう」

礼もそこそこに風呂にとび込む。何しろ厳寒の夜である。冷えた身体を湯ぶねに沈めていると、何やらわめき声が聞えてきた。何ごとか、もしや火事でも起ったの

かと飛び出すと、ドアの外で男の声が私の名を呼んでいるのだ。

「何のご用でしょうかッ」

「お邪魔いたします。あのちょっとお届けものに上りましたが」

その人は主催者のお使いの人で土産のワカメを届けに来たのだ。

「いかがでございますか。お部屋は」

「はい、たいへんよい部屋で感謝しております」

答える声は怒りと寒さに慄《ふる》えている。ハークション！　とドアを閉めたが、もうふたたび風呂に入る気はしないのである。

「天皇陛下のご宿泊なされた宿」は有難いようで有難くないものだ。寝床に入っても電話が鳴るたびに飛び起きて走らねばならないのは辛《つら》い。なぜ電話を枕許《まくらもと》に置かないのか、これでは天皇さまもご不便ではないか、といおうとして気がついた。天皇陛下には電話などかかって来はしないのである。

旅の怪

ひところ、どういうわけか、旅に出るといろんな不思議な目に逢《あ》うことが多かった。「いろんな不思議」といっても、私がそう感じるだけで、話を聞いた人は一向に感じない、それどころか不思議をいい立てる私をバカにするような薄笑いを洩《も》らす人も少なくなかったのである。

その頃のある秋の一日、私は琵琶湖畔《びわこはん》のホテルに泊った。そのホテルには何年か前に講演先に招待されたことがあって気に入っていたのである。十日市《とおかいち》という町で用をすませて車を飛ばしてホテルに入ったのは夜の十時頃である。部屋は五階だか四階だかの最高の部屋らしかった。一人旅なので話相手もなく、寝るには早いという時間なので、見たくもないテレビを見ていた。

と、テレビを見ている私のすぐそばで、突然、鋭い音がした。その音は例えばカーテンを力まかせに引いた、というような音である。力まかせに引くときに、カーテンの金具が立てるあの音に似ている。しかしそのときは気にもせずテレビの前のソファに腰をかけていた。

と、また同じ音がした。気にかけずにいると、またした。そこで漸《ようや》く私も、

「うるさいな」

という気持になった。窓の外の夜景は煌《きら》めく琵琶湖大橋である。月も星もない黒ひと色の中に空と湖の境界を描こうとするように、黄色い灯が弓なりにちりばめられている。隣室の泊り客が、その夜景を見ようとしてカーテンを開け、見終って閉じたその音であろう。私はそう思って寝ることにした。

テレビを消してベッドに入る。持って来た本を開く。と、またはじまった。テレビを消したせいか、音は前よりも大きくなっているような気がする。

「うるさい！」

と今度は声に出していった。隣は新婚旅行にちがいない（となぜか勝手にそう決めた）。しかも深い仲になって結婚したのではない、見合で結ばれ、童貞処女の初々しい新婚旅行にちがいない。早いところ、ベッドに入ってしまえばいいのに、へたにカッコをつけて、カーテンを開けたり閉めたり、

「琵琶湖大橋の夜景ですよ、ヨシ子さん」

「あら、きれい！　夢のようねえ」

などとつまらぬ会話をかわしてはカーテンを閉め、また、何となくテレくさく、なすべきことの順序もわからず、

「大橋の灯は夜中になると消えるんでしょうか？」

「さあ？　どうでしょう」

いい合ってはまたカーテンを開け、そして閉める――そんなことをしているものだから近所迷惑なんだ。

「早くすることとしろ！」

と怒鳴ってやったらどうするだろう？

腹立ちまぎれにつまらないことを考え、ベッドを下りて窓の外を見た。隣室の様子を探ろうとしたのである。

窓の外には湖に向ってバルコニーがつき出ている。バルコニーに出れば隣室の様子がわかるかもしれない。そう思って小さな戸を開けてバルコニーに出た。真下には暗い湖水が迫っている。バルコニーから隣の窓を窺《うかが》おうとしてギョッとした。バルコニーの外《はず》れには高いコンクリートの塀が突っ立っているのである。隣の様子など窺うどころでない。第一、この部屋には隣室があるのかどうかさえわからないのである。

もし、この部屋には隣室がないとすると、あの音は何だろう?

私は部屋に戻り、もの音の正体を探すべく、バスルーム、トイレ、洋服ダンス、もの入れの中、ベッドの下まで検分した。しかしその間、音はまるで私の動きを見ているかのように鎮っているのである。

私は気にしないことにした。ベッドに横になって本を読みはじめた。その日は朝早く新幹線や車を乗り継いで来て、一日動きまわっている。横になると疲れが出てすぐ眠りがやって来た——と思うと、またしてもその音が響いて私を起すのである。

そのとき私ははっきり、その音に意志があることを感じたのである。音は物理的に発した音ではない。私が起きていると沈黙しており、眠ろうとすると鋭く響く。さっきから、私の注意を惹《ひ》こうとしているらしいことは、テレビに注意を奪われていると鳴り、その音に関心を抱くと鎮ることをみてもわかるのである。

考えてみるとその音は、いったいどこから聞えて来るのか、よくわからない。部屋の隅ではない。天井でもない。それは空間から出て来るのだ。私が坐《すわ》っている横の方の空間。あるいは寝ている上の方の空間だ。

そのとき、私はあっと思った。その旅に出る二か月ほど前に、私はすぐれた霊能者である美輪明宏《みわあきひろ》さんから、この頃あなたは霊に憑《つ》かれ易い状態になっているから気をつけた方がいい、といわれていたことを思い出したのである。

——だとするとこの音は霊の仕業なのか？

私は思った。思うと同時にゾッとした。するとまるで、私がそれに気がつくのを待っていたように、天井で別のもの音が鳴り出した。今度はさっきの「カーテンを引く音」ではない。割箸《わりばし》の束を力まかせに折るような、強い意志の籠《こも》っている鋭い音だ。これはかねてよりテレビの怨霊《おんりょう》番組などで聞いていた「ラップ音」に間違いない。

私はフロントに電話をして、とにかくボーイに来てもらおうかと考えた。しかしボーイが来たときにこの音が消えていたら、私は深夜にボーイを誘惑しようとしたインラン婆ァだと噂《うわさ》されるかもしれない。

ボーイを呼ぶのはやめようと決心した途端、私はヤケクソになった。ヤケクソは過去に幾たびか、私をして人生の荒波を乗り越えさせて来た力である。

もうこうなった以上、騒いでもしようがない。ラップ音は鳴りたければ勝手に鳴っていればいいのである。度胸を決めてベッドにもぐり込んだ。

だがトロトロしかけると、「バシッ!」とくる。はっと目が覚めるが、疲れているのですぐトロトロとくる。するとまた「バシッ!」

怖いのを通り越して私は腹が立って来た。姿も見せず音だけで攻めるとは卑怯《ひきょう》千万。なにゆえ正々堂々の戦いをしないのか。怖さのためではなく、憤りのために

私は眠れなくなってしまったのである。思わず、

「うるさいッ！」

と怒鳴ったが、相手はどこ吹く風。

「バシッ　バシ　バシ　バシッ！」

だんだんものすごくなって行く。私は布団をかぶったり、顔を出したり。又かぶったり。

しかしやがて先方も疲れたと見えて、暁の到来と共にもの音は少しずつ間遠になり、小さくなって鎮って行った。

東京へ帰って早速、家族友人にその話をしたが誰も信じない。その音は気温の変化で建物が立てるキシミであると皆いうのである。私は美輪明宏さんに電話をかけた。すると美輪さんはことなげにいわれた。

「あ、それは十八くらいの女の子よ。わたしに見えるのはね、ヒッピーふうの……

髪の毛をチリチリにしてる女の子……」

こうあっさりスラスラといわれると、却《かえ》って私の気は抜けて、

「見えるんですか？　美輪さんには……」

「ええ、見えますよ、この人は文学少女ね。その部屋か、部屋の下の水の中で死んだんです。佐藤さんが作家だと知って気を惹《ひ》いたんでしょう」

私はこの部屋に一度、芥川賞銓衡《せんこう》委員の先生方を泊らせてみたいものだと思っている。

霊魂の腕くらべ

琵琶湖畔のホテルで一夜、霊魂が立てたと覚しきもの音に悩まされて以来、私は旅をするといろんな不思議に逢《あ》うようになった。「琵琶湖の怪」があった後、二か月ほどして私は大阪へ行った。大阪のホテルはもう何年も使い馴れていて、我が家のようにしているXホテルである。

大阪は私の生れた土地、西宮《にしのみや》市は育った地である。従って私がXホテルへ行くと、いつも必ず食事を共にする女学校時代の友達が三人来る。その一人はマンダというニックネームで、もう一人はヤーモ、もう一人はニックネームなしでワカバヤシと呼び捨てにしていた友達である。いつものようにその三人が夕方、私の部屋へ来た。大正生れの女らしく、ホテルでケーキなど食べると高くつくというので、菓子や果物を持参しているのもいつものことである。

そこで私たち四人は部屋に備えつけのポットでお茶を入れ、湯呑《ゆの》みの足りない分は洗面所のうがい用のコップを足して、女学生の昔に戻ったように菓子を食べ、お茶を飲み、そうしておしゃべりを始めた。

その時の話題の主たるものは「霊魂の立てる物音」についてである。何しろ私は「琵琶湖の怪」を経験したばかりなのだ。人の顔さえみればその経験をいい立てていた時期だった。私の話を聞いて、相手が信じれば満足するが、信じなければ信じさせようとしてしゃべり立てるので、東京の友人知己は皆、閉口している。そういう意味で大阪方面は「処女地」であった。私は大いに弁じ立てた。

私の昔のクラスメートは皆、純真素朴である。従って私の話をこれまでの誰よりも熱心に、誰よりも怖《おそ》ろしげに聞いてくれた。私は十分に満足し、満足したので空腹に気がついた。それで四人でホテルの中の中華料理店へ出かけることにした。前にも書いたように、我々は大正生まれ、茶カスも捨てないで乾かして粉にし、小麦粉と混ぜてダンゴにして食べたりした世代である。部屋を出ようとして、私は部屋中の電気を消しながらいった。

「我々はホテルへ来ても、こうして電気の節約をせずにはいられないのやねえ」

電燈はフロアスタンドとベッドの両サイドを灯《とも》したほかに、天井にも一つ灯していた。それをひとつひとつ消しながら私がそういうと、三人の友達はドアのところに立ってその私を見ながら、

「ほんま、ほんま」

と笑っている。電気を消し終えて私たちは食事に行った。食事をすませて部屋へ戻った。ドアを開けて一歩部屋に入る。「あっ！」と思った。部屋隅のフロアスタ

ンドがぽーっと点《とも》っている。

「誰がつけたの、この電気！」

私は叫び、後から入って来た三人は呆然《ぼうぜん》、ものもいわずにフロアスタンドを見ている。

「確かに消して出たわね？　確かに消したわね？」

「消した、消した、ちゃんとアイちゃんが消してた」

「我々大正生れはホテルへ来てもこうして電気を節約するといいながら、消してたわ」

「まっくらになった部屋のドアを閉めたの覚えてる」

ではいったい、なにゆえにこのスタンドは点ったのか？

――ルームメイドがベッドメイキングに来て点して行ったのだとワカバヤシはいう。

しかしルームメイドが来たのなら、テーブルの上の汚れた茶碗《ちゃわん》や果物の皮などが片づけてある筈《はず》である。第一、ルームメイドは我々が部屋にいるときに、すでにベッドメイキングに来ている。それ以外に、この部屋に入って来る用事があるわけがない。

——では泥棒が入ったのだ、とまたワカバヤシはいう。

だが、泥棒が何のためにフロアスタンドをつける必要があるのか。暗い部屋に入る時は誰でもまず入口のスイッチをひねる。入口のスイッチをひねらずにフロアスタンドだけをつけるとしたら、暗がりを手さぐりで部屋の隅まで行かなくてはならないではないか？　泥棒は天井の灯とフロアスタンドの両方をつけ、律儀に天井の灯だけ消して行ったというのか？

私はワカバヤシを追及した。ワカバヤシは、

「そやかて、それ以外に考えられへんもの」

と実に無造作である。

そうだ、それ以外に考えられない――常識では。現代の常識というものは、目に見え、耳に聞えるものしか信じない、という基盤に成り立っている。科学的に解明出来ないものは黙殺するのが「常識」なのである。

「けど……こわいねえ……」

とヤーモは総毛立ったような顔になっている。

「マンダ、どう思う?」

「うーん……わからへん……」

とマンダも怖そうに声を小さくする。ワカバヤシひとりが、

「きっとボーイか何かが入って来たんやわ」

ケロリとしているのが、なぜか私には腹立たしいのである。

――この部屋にも何者かの霊魂がいて、さっきからの琵琶湖の話などをじっと聞

いていた。琵琶湖の霊のことばかり一所懸命に話すので、この部屋の霊は負けん気を出した。

——ここにもいるんだぞ！

そういう気になって音を立てようとしたが、途端に我々が部屋を出て行ってしまった。そこで出バナをくじかれた霊は、それならひとつ、趣向を変えて琵琶湖の霊と腕くらべをしよう、という気になった……

「それで、ラップ音を立てないで、電燈にしたというのん？」

マンダは怖がろうか、笑おうか、どっちにしよう、という顔になってヤーモと顔を見合せた。

「アイちゃんはやっぱり小説家やねえ。何でもこんなふうに考えるから、怖いことも怖くなくなるんやねえ」

いや、私だって怖いことは怖いのだ。怖いからその不思議を何とかして納得したいと思う。常識家はメイドか、ボーイか、泥棒かの三つの場合を考えて、そこで納得してしまう。いや、納得はしていないのかもしれないが、それ以上考えてもどうにもならぬことについては打ち切るのである。

打ち切る――これが人生、ことなく平穏に生きて行く大切なコツなのだ。しかしそのコツを私はいつまで経っても体得出来ない。考えてみると私の苦労のもとは、いつもたいていそのへんにあるのだ。

三人の友達は蒼惶《そうこう》と帰って行った。

「気ィつけてね」「お大事に」と口々にいって。しかし「気ィつけて」といわれても何に「気ィ」つければいいのか。

私はフロアスタンドを消し、もう一度つくかと思って待ったが、灯は消えたままである。ベッドに入って、今にラップ音が起るかと身構えていたが、そのまま眠ってしまった。

東京へ帰って美輪明宏さんに電話をしたら、彼は留守だった。美輪さんに会ったのはそれから三、四か月後である。

私はフロアスタンドの話をしたが、その時は美輪さんの心眼には何も写らなかったようである。すぐならいいが時が経つと消えるというのは、霊というやつ、アイスクリームみたいなものらしい。

深夜のすすり泣き

旅行好きの私が、だんだん旅を億劫《おっくう》に感じるようになって行ったのは、旅先のホテルで「怪奇現象」ともいうべき現象に逢《あ》うことが重なって来たためである。

しかし「怪奇現象」といっても、私が「怪奇」と感じるのであって、それを怪奇とは思わず、単なる物理現象だと解釈する人も少なくないのである。

天井で鳴る音を、柱のきしむ音、根太の割れる音、鼠《ねずみ》が立てるもの音だと解釈する人が殆《ほとん》どである。では鉄筋コンクリートのホテルで、柱がきしむのか、天井板が割れるのか、柱はどこにある？　天井板はどこにある？　と追及すると、曖昧《あいまい》に笑って話はそこで終ってしまう。

「よく調べれば必ずどこかにある筈《はず》ですよ」

いや、「筈ですよ」では困るのだ。物理現象だというなら、どういう物理現象なのか、明快にそれを解明してほしいと私はいうのだが、相手はそれには答えず、

「そんなことばかり思ってるから、音が聞えたような気がするんじゃないの」

と薄笑いを浮かべ、私の神経のせいにする。

成仏出来ない霊魂が、そこにいることを知らせようとして、一所懸命に音を立てているのに、鼠や古柱のせいにされたのでは霊魂の方としてはさぞ口惜《くちお》しいことだろうと私は霊魂に同情したくなる。

私と浮かばれぬ霊魂たちの理解者である美輪明宏さんは、私にアドヴァイスを与えて下さった。

「まず旅に出る時は必ず塩を持参すること。塩は万物を清める力を持っています。

ホテルの部屋に入るときには、恰《あたか》も力士が塩を撒《ま》いて土俵に上るように、力をこめて部屋にパッと塩を撒きなさい。そうして浴槽の中にもひとつまみ、塩を入れなさい。

それでももし怪《あや》しの物音がしたり、電気が明滅したりするようであれば、お題目を唱えなさい。お題目は出来るだけ大声で、力いっぱい、怒鳴るように唱え、最後に、

『エイッ！』

大音声で叱咤《しった》しなさい。さすれば大声によって相手のエネルギーは壊れます」

美輪さんによると、その頃の私は、やたらに霊に接近され易い体質になっていたのだそうである。それ以来、私は旅行鞄《かばん》の中に袋に入れた塩を忍ばせて旅に出るようになった。しかし、実際に土俵入りのように塩を撒くのは思ったほど簡単なことではなかった。というのはホテルでは必ずボーイが部屋のキイを持って案内する

からである。そのボーイの目の前で、ゴソゴソ、鞄から塩を取り出すわけにはいかない。

そこで考えて、塩の袋をあらかじめ、コートのポケットに入れておくことにした。袋の口は開けておき、手を突っこめばすぐ摑《つか》み出せるようにしておく。そうして部屋の入口でボーイの目をかすめて撒くわけだが、それには何とかしてボーイの視線を私から逸《そら》さなければならない。そこでこうすることにした。

「ああ、このカーテン、薄くないかしら？　私、目が弱くて朝日がさし込んでくると眠れなくなるの、大丈夫かしら？」

そういえば必然的にボーイは窓のカーテンの方に目を上げる。

「大丈夫だと思いますが……」

「そう、それならいいけど」

その間にパッ！　塩を撒く。

「ご苦労さま、ありがとう」

いいつつ、チップをさし出す。この場合、右手は塩だらけになっているから、左手で渡さなければならない。従ってチップの小銭はコートの左ポケットに入れておく。あらかじめそれだけの用意をしておかないと、塩だらけの手でハンドバッグから財布をとり出して小銭を探し出し、塩だらけの手でボーイにチップを渡さなければならないのである。ボーイは驚くにきまっている。

人知れず苦労をしながら、私は講演旅行や取材旅行を重ねた。しかし、苦労を重ねているのは私一人ではなく、私の行く先々のホテルの掃除のおばさんもまた、人知れぬ苦労をしていたにちがいない。わけのわからぬ塩がやたらそのへんに散らばっているのを、わけのわからぬままに掃除しなければならないからである。

そんなある時、長崎の某ホテルに泊った。例によって塩を撒いた後、塩入り風呂を浴びてベッドに入った。塩の袋はベッドサイドテーブルの上に常に載せてある。

ライトを消して私は眠った。いかなる時でも私には眠れないということはない。その代り、いかに熟睡している時でも物の気配や音に忽《たちま》ち目醒《めざ》めるのである。熟睡していた私ははっと目醒めた。どこからか女のすすり泣く声が聞えて来るのだ。次の瞬間、私はガバッとはね起きると同時に、サイドテーブルの塩の袋に手を突っこんで掴み取るや、

「南無妙法蓮華経《なむみょうほうれんげきょう》！」

大喝《だいかつ》してパッ！　壁に向って塩を投げつけた。泣き声はベッドの頭が向いている壁から聞えて来るからである。

「南無妙法蓮華経、南無妙法蓮華経！」

たてつづけにわめきつつパッパッパッと塩を撒き、耳を澄ますと、泣き声はやんだ様子である。ほっとしてベッドにもぐり込む。暫《しばら》くするとまたシクシクが始まった。

ガバッとはね起き、

「南無妙法蓮華経ッ！」

パッ！　パッ！

泣き声はやむ。ざまァみろとベッドにもぐる。

と、又してもシクシクシク。しつこいぞ！　うるさい！

ガバッ！

「南無妙法蓮華経ッ！」

パッ！　パッ！

泣き声はやんで私はベッドへ。暫くの間、静かである。

漸《ようや》くテキは退散したらしい。もしかしたらこの部屋で、若い女が泣き濡《ぬ》れて一夜を明かした後、自ら命を絶ったのかもしれない、などと思いながら、うつらうつら。

そう思っても怖いなどという気持はない。私は馴れてしまったのである。そしてまさに眠りに落ちんとしたとき、今度は男の呻《うめ》き声にハッと目が醒《さ》めた。

ガバとはね起き、はや片手は塩を握っている。

今度は男の幽霊か！　さては心中者か！

「南無妙……」と叫ぼうとして、ふと気がついた。男の呻き声の上にさっきの女の泣き声が重なっている。女のシクシクは次第に強まって行き、それと同時に男の声も高まり、何だか馴染みのあるようなないような、聞いたことがあるようなないような、どうもあの世の声にしてはその声のツヤがへんに生々しいのである。

「あ！」

と私は思い当り、

「なんや！」

と呟《つぶや》いて気が抜けた。その声は壁の中から聞えて来るのではなく、壁の向う、つまり隣室から聞えて来る生身の男女の交歓の声だったのだ。私は思わず、

「フン！」

と鼻を鳴らして袋に塩を戻し、

「アホらしい！」

といってベッドに入った。おかしさがこみ上げて来たが、一人で笑うのも不気味なので笑うのをやめた。

それにしても、隣の二人は、クライマックスに向うと必ず隣室より聞えてくる南無妙法蓮華経の大音声を何と思ったであろうか。それが知りたい。

私の行く先どこですか

今から五年ほど前のことである。福岡に用があって日帰り旅行をした。予定よりも早く用事がすみ、福岡空港で搭乗手続をしようとすると、急げば一便早いのに乗れますよといわれた。それに乗ると、明るいうちに家へ帰れそうである。

その代り、急いで下さいよ。走って下さいよ、といわれて、搭乗券を引っつかんで階段をかけ上り、走った。あと、二、三分しか時間がないのである。ロビーにはもう人っ子ひとりいない。改札口を夢中で走り抜け、お急ぎ下さいッ、東京行きはどっち？　左の方へ……と叫ぶ声を後ろに聞いてイダテン走り。走って行くと通路に黒服を着た男の人が立ってこっちを見ている。

「東京行きは?」

「急いで下さい、この飛行機です」

ありがとうもいわないで走り込んだ。私が走り込むのを待ってスチュアデスが扉を閉める。機種は727だった。

ハアハアフウフウいいながら、よろめく足を踏みしめて漸《ようや》く自分の席を探し当てた。機内は空いていて、私の隣席に人はいない。あっちにひとかたまり、こっちはポツン、というふうに乗客が坐《すわ》っている。私が坐席《ざせき》ベルトを締め終らないうちにもう飛行機は滑走をはじめ、離陸した。

やれやれ、これでひと安心、とほっとして文庫本を読みはじめたが、そのうちに眠ってしまった。何やら夢うつつに女の声が聞える。半醒半睡《はんせいはんすい》の耳にこんな言葉のキレハシが聞えた。

「……東京よりお乗り継ぎの方は……」

……東京よりお乗り継ぎの方は……東京よりお乗り継ぎ……

はてな、「東京より」？

まだ眠気の漂っている頭で考えた。

東京よりお乗り継ぎ、ということは、東京から乗った乗客がいるということだ。だとするとこの飛行機はいったい、どこへ向って飛んでいるのだ⁉ これは東京行きではなかったのか⁉

思考がそこまで行ったとき、パッチリ眼が醒《さ》めた。かっとお腹の中が熱くなった。思わず居ずまいを正してまわりを見廻《みまわ》した。機内は極めて静かである。首を伸ばして窓外を眺めれば、夕陽《ゆうひ》に輝く鋼《はがね》のような海が見えるだけである。それも束《つか》の間、飛行機は雲の中に入ってしまった。

スチュアデスが微笑を浮かべて、通路を歩いて来る。手に週刊誌をかざしている。

私は思った。

あのスチュアデスに訊《き》こうか？

しかし何といって訊く？

「この飛行機はどこへ行くんですか？」

そう呟《つぶや》いてみた。しかし、バスや電車なら「これはどこ行きですか？」と訊いてもおかしくないが、飛行機に乗ってどこ行きかと訊くのもヘンな話だ。スチュアデスは私がふざけていると思うかもしれない。いや、ふざけていると思ってくれればまだいい。アホかと思われる危険もある。

そんなことを考えているうちに、スチュアデスは私の脇《わき》を通り過ぎてしまった。

いったいこの飛行機はどこへ向っているのか。私は考えた。「東京から乗って来た客」がいるとすれば、福岡から西へ向っていると考えられる。とすると、まず考えられるのは沖縄である。うーん、沖縄か。

私はひそかにハンドバッグを開け、財布の中身を調べた。沖縄に一泊するには金がいる。取材で金を使った後とて財布の中はいささか寂しい。借金するにも沖縄には知辺《しるべ》もなし……とつおいつしていると、またスチュアデスが向うからやって来た。

さっきの人とは違う人だが、口もとの微笑の湛《たた》え具合は同じである。

思いきって訊こうか？

「――この飛行機はどこ行きですか？」

口の中でいってみる。

いや、それよりも「何時に着きますか？」とわざと目的地を抜かして訊いてみたらどうだろう？　すると向うは、

「××には×時に着きます」

と答えるだろうから。

意を決して質問しようと顔を向けたときは、彼女はもう通り過ぎている。そのうちにだんだん、ヤケクソになって来た。エイ、もう、どこでもいいわイ、という気持である。乗ってりゃそのうち、どこかに着くだろう。そうしたらわかる。今、わかるか、その時にわかるか、たいして違いはない。今わかったところで、降りるわけにはいかないのだから。

そう度胸を決めた。度胸を決めると眠くなって来た。少しまどろんだつもりだったが、熟睡したとみえる。何やら声がしたので気がつくと、飛行機は滑走路を走っているではないか。私は眠っていて、また機内アナウンスを聞き逃したのだ。

飛行機は停止したが、まだそこがどこだかわからない。機内を出た。見馴れた羽田空港とは様子が違う。バスに乗らずに、飛行機から直接、建物に入ることは、羽田ではかつてないことである。人の後ろをキョロキョロとついて行く私の足どりは、見るからにおのぼりさん風であったことだろう。

ガランとした広い廊下をどんどん行く。ウエルカムなどと英語のボードが出ている。

ウエルカムねえ。こりゃ、やっぱり沖縄だ。沖縄には米兵がいるからねえ、とひそかに肯《うなず》く。どんどん歩いて階段を下りると、下りたところにバスが待っていた。それに乗る。バスは走って行く。

と……ありゃ、何だか、見たことがあるような景色になって来た。左手の建物は、馴染み深い羽田空港ビルだ。

狐《きつね》につままれたような気分でバスを下りた。いつもの通路、いつもの出口を出る。そのへんからやっとわかって来た。

それは成田空港が完成して羽田の国際線が成田へ移った直後のことだった。私の乗った飛行機は以前、国際線だったところに止った。だから、ウエルカムのボードがまだ取り去られずに残っていたのだ。

「なーんだ、チェッ」

タクシーの中で私は思わずひとり言をいった。

宇宙飛行士でも目的地はわかっている。

野っ原や山中の迷子、烏《からす》や鳶《とんび》でも、目的地に向おうとする意志を持っている。

自分がどこにいるのか、どこへ向っているのかもわからず、意志を放棄してあなた委《まか》せ、呆然《ぼうぜん》と雲の中に漂っているという気分は、実に妙なものだった。

肉体を失って魂だけになったような、あるいは人ではなく、物になったような、後から思うとあの時の眠りは自己放棄の快いまどろみだったと思う。

それにしても、「東京よりお乗り継ぎの方は」とは何という不正確ないい方をしてくれるのだ。それをいうなら「東京で（において）お乗り継ぎの」というべきではないのか。すべてのことの起りはこの「東京より」にあるのだ。

そう気がついて俄《にわ》かに怒り出したのは我が家に着いてからであった。

赤城《あかぎ》の思い出

旅の思い出を書いて下さいとよく頼まれる。講演や取材で旅行することが多いので、いろいろな思い出が沢山あるだろうと推察してのことだろうが、文章に出来るような思い出がそう次々とあるわけではない。印象に残っている風景や人物は、むしろ、それほど旅をしなかった頃の方に多い。講演や取材で出かけた旅は、気持がゆとりを失って見れども見ずという状態になっているのだろう。

思い出といってもタクシーの運転手と喧嘩《けんか》をしたこととか、宿の女中さんに色紙を山のように持って来られてムカついたこととか、ホテルの暖房が効きすぎて丸裸で寝たこと、冷房が強すぎて〝日向《ひなた》ぼっこ〟に表に出ていたこと、腹立ちまぎれに「××ホテルに泊るには、冬はふかし芋、夏は冷凍イカになることを覚悟せねばならぬ」という文章を書いたこと、飛行機の時間に間に合わないので、テレビ局から高速道路を一四〇キロでふっ飛ばしてヨレヨレになったこと……考えてみると腹を立てたことや困ったことばかりが記憶に残っている。しみじみと心に染み込んでいる美しい思い出は何もないことに気づくのである。

あの頃はよかった、と昔の旅を思い起してはひとり呟《つぶや》く。二十六年前の赤城《あかぎ》山大沼《おおぬま》。湖畔に旅館が二軒だけあって、一軒を青木《あおき》旅館といった。廊下も柱も黝《くろ》ずんで、畳は褐色に焼け、湖に向っている窓は支え棒を前方へ突き出して雨戸を開けるのである。廊下側は壁でも襖《ふすま》でもなく障子だった。電気は来てないので、日が暮れるとランプを用いる。食事は箱膳《はこぜん》で盛り切りのどんぶり飯に必ず魚がついていた。

窓の向うの湖面に午後になると一艘《そう》の舟が漕《こ》ぎ出されて、釣竿《つりざお》を垂れている人影が見えるが、それは夕食のおかずの支度なのであった。もし何も釣れないときはどうするのだろうと、そののんびりした釣人を見ながら心配したものだ。

陽《ひ》が傾いて、釣人の肩が夕焼に染り、次第に蔭《かげ》って夕靄《ゆうもや》が湖面を這《は》い出し、人影は薄墨《うすずみ》色から黒い影法師になって行く頃、釣舟は帰って来る。釣糸を垂らしさえすれば魚が釣れないということはないらしかった。

だがたまに夕食が遅れることがあった。そんなとき、窓から大沼を見ると、まさに暮れ果てようとする夕空に、ポツリと一つだけ輝いている星の下、悠然と釣人の影は佇《たたず》んで客の空腹など忘れているかのように見えた。

秋になって、夏の間出盛っていた人たちもみな引き上げたという頃を見計らって、私は毎年、赤城へ出かけた。三年か四年、つづけて行ったと思う。前橋駅から山麓《さんろく》までバスで行き、そこから徒歩で頂上の大沼まで登った。大沼を見下ろすところまで登り、そこから湖に向ってくぬぎ林の中を降りて行く。くぬぎは葉を落しはじめている。懐かしい枯葉の匂《にお》いに包まれる。枯葉はまた足の下でも優しい懐かしい微《かす》かな音を立てる。くぬぎとくぬぎの間に湖が見える。静かにシーンと輝いている。

そのとき、私の胸は我にもあらずとどろくのだった。まるで数年ぶりで故郷を訪《おとな》うときのようなわくわくした気持だった。空も湖もくぬぎ林も、湖の対岸の山なみも、そしてくろぐろと無骨な青木旅館も何も変っていない。全くなにひとつ変っていない——そのとき私の胸にはいつまでも変らずに長生きをしている懐かしい故郷のおばあさんに出会ったときのような、安心と喜びと、感謝の思いが溢《あふ》れるのだった。

年下の女友達と二人で青木旅館に数日滞在していたとき、私たちは一人の少年と知り合った。少年は十七歳だといい、自分の家庭のことなどを話した。父がなく、母と一緒に伯父《おじ》の世話になっているといったように記憶している。肩身の狭い貧しい生活が彼を苛《い》ら立たせ、陰気にさせているようだった。湖を見ながら死について考えたりしていた、ともいった。

私と私の女友達はこの少年を励ますために、夜中を過ぎるまで何やかやとしゃべった。何をどうしゃべったかは殆《ほとん》ど忘れてしまったが、要するにすべての人間が持っている可能性というものを信じようというようなことだったと思う。そのとき青木旅館に泊っているのは私たちとその少年だけだった。少年は夕食の後、突然私たちの部屋を訪れて来たのである。

「あのう、ちょっと、お話してもいいですか」

障子を細目に開けて、おずおずといったその声だけ今も妙にはっきり憶《おぼ》えている。

少年が部屋を出て行くとき、今は絶望していても、生きていればきっと生きていてよかったと思うことがあるものよ、と私はいった。来年の今日、またここで会うことにしない？　そんな約束のひとつでもあれば、何となく心たのしいじゃないの、何となくその日まで生きてみようという気がしてこない？　などと私はいった。

その言葉をはっきり記憶しているのは、その後ずーっと今日まで、その言葉が私の胸の奥深いところに杭《くい》のように突き刺さっているからだ。

「そうします。来年、来てみます。あなたたちも来ますすね？」

翌朝、少年はふり返りふり返り手を振って山を下って行った。黒い詰襟《つめえり》を着た少年だった。しかしその一年後、私も友達も赤城へ行かなかった。私は生活のため病院へ勤める身になっていたし、友達は彼のことなど忘れていたのだ。

私は決して約束を忘れていたわけではない。病院が私に休暇をくれなかったのだ。しかし理由は何であれ、私は赤城へ行かなかった――

ときどきそのことを思って胸が痛んだが、あるいは少年の方も行ってはいないかもしれないと思っては自分を慰めていたのだ。

その二年後のことだ。私は文学仲間の青年が失業して落胆《らくたん》しているのを見て、赤城へ行って気晴しをしていらっしゃいと勧めた。あそこなら宿賃は格安だし、ありのままの自然が息づいている。汚辱も失意も現実の不如意も、空や湖やくぬぎ林がきっとかき消してくれるわと私はいった。

青年は出かけて行った。数日後、彼に街で出会ったので私は訊《き》いた。

「どうだった、赤城は？」

「うん、行って来たよ」

「すばらしかったでしょう？」

「うーん、いいとこだねえ」

「青木旅館もよかったでしょう。まだランプ使ってた？」

「いや、電燈だったよ」

彼はいった。

「けど佐藤さんがいってたのとは大分ちがってたな。赤い屋根の犬小屋みたいなバンガローが沢山建っててね、青木旅館はあったけど、小綺麗《こぎれい》な建物だったよ」

それから彼はいった。

「そうそう、旅館の奥さんに佐藤さんから是非にと勧められて来たんだといったらね。ああ、女の人と二人で十日も滞在してた方ですね、と思い出してね。そしていつだったか、秋になって学生がひょっこりやって来て、去年来てたあの女の人たちは見えてますかって訊《たず》ねたっていってたよ」

埋め隠しておいた筈《はず》の棒杭《ぼうくい》で、いきなり頭をガーンとやられたような気がした。

「そう」

と私はいっただけだった。

それ以後、私は赤城へ行っていない。

あの美しい自然が自然のままに老い朽ちて行ったのではなく、人間の手で新しい山中の〝町〟に生れ変ったらしいその姿を見るのが辛《つら》いからだ。

それにしてもあの少年はどうしているだろう？　もしかしたらあの少年への痛恨《つうこん》の念が、私を赤城へ行かせない、もうひとつの理由かもしれないのである。

とうもろこし旅行

敗戦後の食糧難時代に、子供を背中に背負い、米や小麦粉を両手に提げて汽車を乗り降りする生活に明け暮れていたためか、平和が来ると同時に、ほとほと荷物を持つのがいやになってしまった。あるいはそれは時代のためではなく、あの頃は血気さかんな年ごろだったが、次第に年を食って体力、気力ともに衰えて来ているせいかもしれない。

とにかく、何がいやといって荷物を持つほどいやなことはない。ハンドバッグさえ、持たずにすませたいくらいである。

だから旅行に出るといっても、スーツケースは小ブリのもの一箇と決めている。それ以上はどんな長旅でも持ちたくない。

「君はそれでも女かいな。男よりも荷物が少ないやないか」

講演旅行に一緒に出かけた遠藤周作《えんどうしゅうさく》さんにいわれたことがある。三泊四日の講演旅行で四日間、同じスーツを着ていた。スーツケースに入っているものは着替えの下着と洗面道具だけである。

「三泊四日の講演旅行だったら、瀬戸内晴美《せとうちはるみ》さんなら四枚、着物を持って行くところですよ」

とほかの人からもいわれた。出家前の瀬戸内さんは衣裳《いしょう》持ちで有名だった。瀬戸内さんの旅行鞄はクルマつきなんです、とも聞いた。手で提げられないくらい大きくて重い。ということはつまり、瀬戸内さんに較《くら》べて私はいかに女らしくないか、ということである。

何といわれようと重い荷物はいやである。雨が降るかどうかはっきりしないから、雨具を用意して行こう、なんてこともしたことがない。傘《かさ》を持つくらいなら濡《ぬ》れた方がいい。レインコートだけでも持たねばならぬとしたら、鞄に入れないで降らぬ先から着て行く。夏などは汗ダクになるが、それでも鞄の中身が増えるよりはいいのである。

旅行に出るのに、ミカンやバナナを持って行く人がいて、私はほんとうに驚いてしまう。旅行中に食べなかったからといって、また持って帰る。私は自分が荷物を持つのがきらいなだけでなく、人が重そうにしているのを見るのもいやなので、

「ミカンみたいなもの、食べなくたっていいじゃないの！」

と怒りたくなるのだ。

ある時、同い年の女友達と北海道旅行をした。旭川《あさひかわ》で講演をしたついでに、札幌から洞爺湖《とうやこ》などを廻《まわ》ることにしたのである。

その時、旭川のホテルに講演会の主催者から、とうもろこしが届いた。茹《ゆ》でてあって二十本余りある。

「ご旅行中、お召し上り下さい」

と名刺に書き添えてある。みるみる私は不機嫌になった。物を貰《もら》って不機嫌になるのは傲慢《ごうまん》であることはわかっているが、二十本のとうもろこしを提げて北海道旅行をすることを思うと、楽しみが根こそぎ奪われたという気持になってしまうのだ。

「このとうもろこし、このホテルへ置いて行こうよ」

その夜、私は友達にいった。少しでも数を減らそうとして、二人で二本ずつ一心不乱に食べた末のことである。

「そんなこといわないで、持って行こうよ。悪いじゃないの、折角《せっかく》の好意なのに」

と友達はいい張る。私はカッとして、

「持って行くならあなた、持って行きなさい。私はゼッタイ、持たないわよ!」

「いいわ、私がひとりで持つわよッ」

と友達の方も喧嘩腰《けんかごし》。

翌朝、私と友達はホテルを出発したが、友達は十六本入りのとうもろこしの袋を下げてよたよたしている。彼女はおしゃれだから、スーツケース二箇に着替えの服や靴がぎっしり詰っているのである。

よたよたしながら彼女はだんだん無口に不機嫌になって行く。私が彼女の荷物を分け持とうとしないので腹を立てているのだ。それで私も無口に不機嫌になって行った。勝手に荷物を増やしておいて、それを私が助けるべきだと思っている彼女に腹が立って来たのだ。

お互いにムッとして札幌駅に着く。タクシーに乗ってグランドホテルへというと、そんなもの歩きなさいよ、すぐそこですよ、とケンもホロロにいわれ、またムッとする。

「どうしよう、これ？」

とついに彼女はいった。

「捨てるしかないわね」

私は仏頂面。いわんこっちゃない、と思っている。

「どこへ捨てよう」

この荷物を提げて屑籠《くずかご》を探す力はもうない、と彼女はいう。

仕方ない、ここへ置いて行こう――

そういうことになって柱の脚もとにとうもろこし入りの袋を置いて歩きだした。

と、

「もしもし、ちょっと、そこのご婦人」

という声が後ろから聞こえて来た。

「お忘れものですよ、忘れもの」

「はァ」

私と友達は顔を見合せる。友達の顔が真赤になっているのは、恥かしさのためではなく、そのおせっかい野郎への憤りのためである。

「どうしよう」

「どうしようたって、しようがないでしょ」

仏頂面のまま、小声でいい合う。何も知らぬおせっかい親爺《おやじ》は、自分の親切心に満足そうに笑みこぼれて、我々を眺めている。

「どうも」

「ありがとうございました」

仕方なく袋を持って歩き出した。

「とにかくホテルまで持って行くわ」

「そうするよりしようがないわね」

いわんこっちゃない、いわんこっちゃない、と私は胸に呟《つぶや》きつつ歩く。この薄情者め、エゴイスト、と友達は友達で胸に呟いているのであろう。仕方なく、

「持とうか？　そっちのスーツケース」

心にないことを口にした。

「ううん、大丈夫。いらない――」

友達もおそらくは心にない返事をしたのにちがいない。

あとは無言で歩き、やっとグランドホテルに辿《たど》り着いた。部屋に落ち着いてシャワーを浴び、コーヒーを飲んで疲れを癒《いや》すと二人とも少し機嫌が直って、とうもろこしを二本ずつ食べた。明日は支笏湖《しこつこ》から洞爺へ行く予定である。

翌日、ホテルを出ようとしてふと見ると、彼女はまた例の袋を提げている。

「どうしたの、それ？　部屋へ置いて来るんじゃなかったの？」

「でもねえ、折角の好意でしょ、何だか悪くて……それに十六本が十二本になってるし」

一晩休養をとったので、友達はまたそれを提げて行く気になったのだ。

羽田に着いたとき、とうもろこしは三本になっていた。とうもろこしはとうとう捨てられなかったのである。羽田で別れ際に友達はいった。

「あなたこれ持って行く?」

「いらないわよッ」

私はもうもう、アタマに来っ放しだ。

「そう?　じゃあわたし持って行くわ。折角の好意だから」

「じゃ、さよなら、お疲れさま」

「お疲れさま、さよなら」

お土産というものはやたらにあげるものではない。貰いたがるものではない。それ以来、私はとうもろこしを見ただけで胸がムカつく。

旅情について

暑くも寒くもない、爽《さわ》やかな季節が来たので、知人友人、旅に出る人が多い。しかしこの頃、めっきり不精になった私は、書斎の机の前に坐《すわ》ってぼんやり空を見上げているのが好きになった。多分、私は旅をし過ぎたのである。過去十年間、月に五、六回は飛行機に乗っていた。新幹線が我が家のようだった時期もある。だから旅は私には日常からの逃避、脱出というような特別のものではなく、日常そのものになってしまった。むしろ、自分の家のベッドや机の前からぼんやり空を見上げて、その空の色に旅情を感じることの方が新鮮なのである。新緑に蔽《おお》われた軽《かる》井《い》沢《ざわ》の趣よりも、我が庭隅にふと気づいた柿若葉の輝くみどりの方に私は感動する。嵐山《あらしやま》の紅葉を見に行きましょうよと誘われても、美しいと定評のある景色を見に行くのは億劫《おっくう》である。

「はじめから素晴しいことがわかっているところへ行くのはどうもねえ」

と渋る。

確かにそれは見事な紅葉であろう、と思う。しかし人と一緒に行くと、わざわざ口に出して感嘆しなければならないのが面倒だ。

女も六十年近く人生の山河越えてくると、多少のことでは驚かなくなっている。いや、驚いてもその驚きをあまり口に出さなくなってくる。昔は泣きわめいて口惜しがったことでも、

「ふン、ま、人間てそんなもんや」

と思ってすむようになってくる。可笑《おか》しいことがあっても、ゲラゲラ笑わない。

テレビのお笑い番組なんか、たいていむつッとして見ている。時たま、

「フ、フ」

と唇から笑いが洩《も》れる時などは、若い人たちが転げまわって笑っている時だ。また若い人たちが転げて笑っている時、

「何がおかしい……」

苦虫を嚙《か》みつぶしたような顔になって、少しも可笑しいと思えない孤独を嚙みしめることもある。

どこそこの紅葉、どこそこの桜、どこそこの渦潮、どこそこの景観——それらも、

「うん、これはいい——」

「案外、つまらん——」

その程度の呟《つぶや》きですませたいのである。

だが案内者や同行者がいると、案外つまらん、といったのでは失礼に当るから、

「まあ、きれい！」とか、

「すてきィ！」

などという感嘆詞に同調して無理にも何かいわなければならない。それが辛《つら》いのである。


その辛さは景色に対してばかりでない。食物についてもそうだ。金沢へ行ったとき、ゴリという魚を食べさせられた。その店ではゴリのてんぷら、ゴリの甘露煮、ゴリの空揚げ。とにかくゴリばかり食べさせる。

「これが当地特産のゴリでありまして」

と勧められる。骨ばってパッとしない小魚である。顔はと見れば、これが何とも器量が悪い。チビのくせに何をえらそうに怒っているんだ、といいたいような武張《ぶば》った黒い顔。こういうザラにない珍奇な顔に出会うとこれは高価な魚にちがいない

と尊びたい気になって、

「いただきます」

とおじぎをして一口食べた。まずくもないがうまくもない。

「いかがですか」

といわれても、ただ、

「はあ……」

といい、モゴモゴ噛んで、

「なるほど」

というしかない。何がなるほどなのか、自分でもわからず肯《うなず》いている。おいしいですね、とは義理にもいえたシロモノではない——と私は思うが、それは私が食通でないせいかもしれないと反省する。山海の珍味食べ飽きたお方は、このような魚をうまいと思われるのかもしれない。とすると、ここでうまいうまいと

賛嘆《さんたん》しないのは、ものの本当の味のわからぬ野暮天、と笑われはすまいか、……と
いらざる心配が起って、うまくなくてもうまいような顔をしようと思うが、そんな
芸当は死んでも出来ないこの身だ。
その芸当が出来ぬとあれば、とにかくモリモリ食って、言葉には出さねどさすが
食通、というところを見せるしかない、と覚悟を決めててんぷら、空揚げ、甘露煮、
何でもかでも片端から食って食って食いまくる。
「いや、お気に召したようですな」
と招待先は喜んで、勝手にお代りを注文し、
「さ、どうぞ、どうぞ。遠慮なく召し上って下さい。いやあ、こんなに喜んでいた
だいてよかった、よかった」
と手を打たんばかりに喜ぶのを見ると、エイ、これも浮世の義理だ、人生とは耐
えることだ、などと大袈裟《おおげさ》な心境で頑張ることになる。これも辛いのである。

景色も食物もあるがままの姿で味わいたい。それが私の望みである。私はお茶席が大嫌いという野人だが、なぜ嫌いかというと、あすこでは心にもないことをペラペラしゃべらなければならないからである。

茶碗《ちゃわん》とかなつめとか茶杓《ちゃしゃく》とか、見てもわからず、従って見たくもないものを勝手に目の前に並べられて、結構な唐津《からつ》でございます、などと褒めなければならない。たまに結構でないと思うものもあるだろうと思うのだが、

「これは結構じゃありませんな」

といった人をいまだかつて見たことがないのも、何だか不自然でいやである。

あるところで鯉《こい》がウヨウヨいる池を見物した。あれは五十年生きていまして、こっちのは八十年、と説明される。何百匹といる池の鯉の、そのうちの一匹が五十年生きてることがなぜわかるのか私には不可解であるが（多分、樹木の年輪のように、鱗《うろこ》の数か何かでわかるのだろうと思うが）そういう時も、

「ほう！　五十年！　まあ……」

とびっくりしたり感心したりしなければならないのが面倒である。

中には金ピカの鱗を光らせてノタリノタリと泳いでいるのがいて、

「あれは時価二百万円はします」

といわれ、ここでまた、

「へえ！　二百万！　我々よりネウチありますのねえ」

「いや、それは私なんぞのことでして、先生などは、それは一千万、いや一億のお値うちでございましょうか」

「あら、ご冗談を」

「アハハ！」

「オホホホ」

おかしくもないのに笑わなければならぬのも腹が立つ。

いつ頃のことだろう。もう二十年以上も前のことだ。春のはじめ、信州から紀伊半島へひとり旅を重ねていた時、ふと思いついて桑名《くわな》に下車したことがある。夕暮、ひとり城址《じょうし》へ行き、早春の夕闇《ゆうやみ》の中を、たどたどしく杖《つえ》を引いて通り過ぎて行く影法師を見かけた。

「あんまさァーん」

と呼ぶ女の声がどこからともなく聞えて来て、杖を引いた影法師は夕闇の中に溶けるように消えて行った。まるで新派の舞台のようだと思ったことを憶《おぼ》えている。

その一幅の墨絵のような夕暮の旅情は、二十数年経った今でも私の脳裡《のうり》から消えない。

そういう静かな旅情に触れる旅はもう望めなくなってしまった。だから私は机の前から空を見上げて、過ぎ去った旅の一齣《こま》一齣をたぐって旅情を偲《しの》ぶしかないのである。

初出
「愛子の格言」(「新・女の格言」を改題)　『家庭画報』一九八〇年二月号〜十二月号
「愛子の旅の手帖」　『旅の手帖』一九八〇年九月号〜八一年八月号

単行本　『愛子の新・女の格言』一九八二年一月　角川書店刊
文　庫　『愛子の新・女の格言』一九八九年十一月　角川文庫

本書は、角川文庫版『愛子の新・女の格言』を底本とし、「愛子の躁鬱日記」を除く、前記二章を収録したものです。新装版刊行にあたって、改題し加筆修正を施しました。

装幀　中央公論新社デザイン室
イラスト　浅生ハルミン

佐藤愛子（さとう・あいこ）

一九二三年大阪生まれ。甲南高等女学校卒業。小説家・佐藤紅緑を父に、詩人・サトウハチローを兄に持つ。六九年『戦いすんで日が暮れて』で第六十一回直木賞、七九年『幸福の絵』で第十八回女流文学賞、二〇〇〇年『血脈』の完成により第四十八回菊池寛賞、一五年『晩鐘』で第二十五回紫式部文学賞を受賞。一七年旭日小綬章を受章。最近の著書に、大ベストセラーとなった『九十歳。何がめでたい』、『冥界からの電話』『人生は美しいことだけ憶えていればいい』『気がつけば、終着駅』『九十八歳。戦いやまず日は暮れず』がある。

愛子《あいこ》の格言《かくげん》

——新装版《しんそうばん》

二〇二一年一一月一〇日　初版発行
二〇二一年一一月二五日　再版発行

著　者　佐藤《さとう》　愛子《あいこ》

発行者　松田　陽三

発行所　中央公論新社
〒一〇〇-八一五二
東京都千代田区大手町一-七-一
電話　販売　〇三-五二九九-一七三〇
　　　編集　〇三-五二九九-一七四〇
URL http://www.chuko.co.jp/

DTP　嵐下英治
印　刷　大日本印刷
製　本　小泉製本

Published by CHUOKORON-SHINSHA, INC.
Printed in Japan　ISBN978-4-12-005475-4 C0095
定価はカバーに表示してあります。落丁本・乱丁本はお手数ですが小社販売部宛お送り下さい。送料小社負担にてお取り替えいたします。

中央公論新社　好評既刊

気がつけば、終着駅

佐藤愛子

離婚を推奨した一九六〇年代、簡単に結婚して別れる二〇二〇年。世の中が変われば、考えも変わる――。『婦人公論』掲載の人生初エッセイから、橋田壽賀子さんとの最新対談まで、折節の発言で半世紀にわたるこの世の変化を総ざらい。大正に生まれ、昭和・平成と書き続けた作家による、令和の時代のベストセラー！

単行本